在他乡

远去的老调

经典文库编委会 ◎ 编

河海大学出版社
·南京·

图书在版编目（CIP）数据

在他乡．远去的老调 / 经典文库编委会编．-- 南京：河海大学出版社，2019.10
（二十一世纪中国作家经典文库）
ISBN 978-7-5630-6025-2

Ⅰ．①在… Ⅱ．①经… Ⅲ．①散文集-中国-当代 Ⅳ．①I267

中国版本图书馆CIP数据核字（2019）第125085号

丛 书 名 / 二十一世纪中国作家经典文库
书　　名 / 在他乡——远去的老调
书　　号 / ISBN 978-7-5630-6025-2
责任编辑 / 毛积孝　章玉霞
特约编辑 / 李　路　韩玉龙
特约校对 / 董　涛
封面设计 / 仙　境
版式设计 / 刘昌凤
出版发行 / 河海大学出版社
地　　址 / 南京市西康路1号（邮编：210098）
电　　话 /（025）83722833（营销部）
　　　　　/（025）83737852（综合部）
经　　销 / 全国新华书店
印　　刷 / 三河市元兴印务有限公司
开　　本 / 880毫米×1230毫米　1/32
印　　张 / 6.75
字　　数 / 106千字
版　　次 / 2019年10月第1版
印　　次 / 2019年10月第1次印刷
定　　价 / 59.80元

目录 Contents

竹风萧萧纸乡行　001

元宵节里高桩会　009

民歌悠悠唱三江　016

寻访罗城老戏台　023

夹江年画古风在　029

远去的老调　036

风箱记忆　041

帕上婉韵　049

远去的年画　053

老屋，褪不去的时光　057

折子戏　064

土砖墙	072
吃中药的习俗	076
甜酒酿里的民俗	079
民间瑰宝——高照灯	082
又到粽子飘香时	087
家祭	093
节日散记	098
天荒地老话婚姻	110
水碓	135
乡村年味	140
九斗碗	148

锅边馍馍	158
青团	168
木板桥	177
北路梆子	186
麻纸的光阴	198

竹风萧萧纸乡行

朱仲祥

出夹江县城往洪雅方向行十余公里，便进入著名的纸乡马村。

其实在夹江，成片的竹子有数万亩，分布在青衣江的东西两岸，包括南安、迎江、中心和马村等地，形成莽莽苍苍的无边竹海。于是，一千多年来，夹江人便传承蔡伦的手工造纸工艺，利用丰富的竹资源生产文化用纸，也使夹江成为蜚声中外的纸乡。而今保持传统手工造纸技术的地方就在马村。

离开公路主干线，车沿绿竹簇拥的小

溪而行，两边的竹子苍翠欲滴，构成一道绿色长廊。这里的竹以清秀婀娜的慈竹为主，夹杂着秀挺繁茂的苦竹、潇洒多情的斑竹、纤细柔媚的水竹和金竹，偶尔还可见到粗壮如椽的楠竹，高低错落，多姿多彩。而用来造手工书画纸的主要是柔韧细致的慈竹。

据记载，早在东晋时期，葛洪就曾寓居夹江。葛洪《抱朴子》"逍遥竹素，寄情玄毫"中的"竹素"被认为是竹纸。唐代天宝十五载（756年），"安史之乱"中跟随唐明皇进川的大批工匠，将中原已臻成熟的"竹纸"制作技术带到了夹江。其实，长江流域和江南很多省份盛产各种竹类，故竹纸多产于南方。《天工开物·杀青》中"造竹纸"一节，开篇就提到："凡造竹纸，事出南方，而闽省独专其盛。"一千多年来，夹江手工纸就因其种类多、品质优、产量高而名扬海内外。史载康熙二十年（1681年），该地一种名为"长帘文卷"和"方细工连"的产品被钦定为"文闱卷纸"（科场用纸），每逢科举之年，如数上贡朝廷，历时两百多年。到了清代中期，夹江造纸产量进一步增加，《嘉定府志》曾这样记载："今郡属夹江产纸，川中半资其用……"由此可见，夹江纸在清代同治年间已具备相当规模。其间，夹江全县一半以上的乡镇从事或曾经从事手工纸生产。有一段时间，夹江因此被誉为"蜀纸之乡"，名扬全国。而今，夹江手工造纸继承了古代造纸技艺，从选料到成纸共有十五个环节、七十二道工序，与明代《天工开物·杀青》所记载的生产工序完全相合，这种技艺凝结了中国古代人民伟大的科学智慧，具有鲜明的民间特性和地域特征。夹江手工竹纸与安徽宣纸一道被称为"国之二宝"，而且被列入了首批国家非物质文化遗产名录。

　　粗犷有力的竹麻号子，引导我们穿过茂密的竹林，来到纸农造纸的作坊。只见九位孔武有力的汉子，在一位德高望重的老人的指挥下，围着一个约三米高的大铁锅，吼着铿锵有力的劳动号子，有节奏地一下下用力舂捣着，阳光照在他们赤裸的臂膀上，闪闪发光。竹麻号子衍生于手工造纸环节中的劳动号子，具有节拍明确、韵律感强的特点，槽户（纸农）手握杵杆，边杵边唱，保证了动作的整齐划一，有效地激发了槽户的劳动激情。竹麻号子多为"恨杵"即兴发挥，内容多诙谐欢快，一领众和。打竹麻的劳动单调而繁重，竹麻号子的歌唱题材却谈天说地、多种多样，歌词具有极大的即兴成分，好的歌词因此流传开来，成为槽户中的"流行歌曲"。爱情题材是竹麻号子歌唱的重要内容，比如，"纸槽加药水滑滑哟，妹儿心思哥难料呦！只怕水随竹帘过哟，捞起愁思淌帘笆哦！"歌词或含蓄委婉或率真泼辣。

他们唱着铿锵有力、热情洋溢的号子，所做的是造纸工序中最基本的一道程序：蒸煮竹麻，就是把选取的竹料经过捶打后进行蒸煮，那口大铁锅就是蒸煮竹麻的篁锅。此时锅下的火正熊熊燃烧，锅上水汽蒸腾袅绕。已经蒸煮过的竹麻被汉子们用木杵使劲舂捣着，他们要把竹麻捣成细细密密、碎烂如泥的纸浆。据说，每年五月砍竹子时，人们就边喊号子边围着篁锅填料，一般的篁锅能装两三万斤原料（竹子），据说最大的篁锅能装下十万斤竹子。蒸煮的时间一般一次一周，还要反复地发酵、清洗，然后才能捣碎、抄成纸，再贴在墙上阴干。如今，篁锅被高压蒸锅代替了，一批原料只需蒸煮一天时间，大大缩短了造纸工期。

砍竹水浸、捶打浆灰、二蒸煮熟、浸洗发酵、捣料漂白、抄纸脱水、焙纸切割……在竹海深处的金华、石堰等村，传承千年的手工造纸工艺正在这里天天上演。夹江手工造纸工艺，从原料竹子到一张完整的纸，整整需要十五个环节。前人概括为二十四个字："砍其麻、去其青、渍其灰、煮以火、洗以水、舂以日、抄以帘、刷以壁。"即砍竹麻、捶打、蒸煮、漂洗、沤料、捣料、漂白、抄纸、压榨、刷纸。其中，造纸工具主要包括纸槽、纸帘、纸臼、纸刷、撕纸标、竹麻刀、纸槽锄、竹麻锤、抓料耙、料刀、纸矛刀、切纸刀和割纸刀等。夹江古佛寺中立于清代的蔡翁碑，对夹江的造纸技艺有更为精练的描述。透过千年历史的厚重尘埃，夹江造纸这一原生态的技艺似乎并没有从先民那里消解掉文化的内涵，在夹江那些造纸槽户人家的院坝里，竹子青青，蒸汽蔓延，槽户们在一道道复杂的工序里，延续着先民们的光荣和梦想。

在这里，除了唱着竹麻号子捣竹浆外，其成纸环节也很吸引人眼球。只见师傅将竹帘在纸浆池中轻轻一舀，再缓缓筛动，待纸浆在帘子上分布均匀后小心揭起，往一旁的纸墩上一倾倒，一张湿漉漉的手工纸便成型了。然后再将这些纸轻轻揭起，一张张往纸墙上刷上去，经柔柔山风一吹，宜书宜画的手工纸便完成了。当然，最后还要用刻好了花纹的模板，在一张张纸上印上福寿团花、瓦当图案之类的暗纹。这最后两道工序一般由妇女来做。她们无论手拿刷子将湿漉漉的纸刷在墙上，还是手拿印模在洁白绵柔的成纸上印上暗纹，都如舞蹈一般，娴熟而优美。

石堰村有一处完整的四合院，坐落在青山下竹海中，被当地人称作大千纸坊。这个典型的川西民居，见证了国画大师张大千同夹江国画纸的一段特殊情缘。

张大千先生曾经到重庆寻找纸源，这时有人给他推荐了夹江手工纸。张大千听说后来到夹江马村，发现夹江纸虽总体不错，但存在拉力不足等缺陷，便与当地槽户石子青一起反复试验，在纸浆中适当加入棉麻之类，以增强纸的柔韧性，经过反复试制、试写、试画，新一代夹江国画纸问世了。而且，当时张大千还根据绘画的需要，亲自定下了夹江纸的大小规格"四尺乘二尺、五尺乘二尺五寸"，亲自设计了宽纹纸竹帘，并巧妙地制成暗纹印在纸上，在纸的两端做上云纹花边和"大风堂造"的字样。经过这番改进，一车车洁白细腻、浸润性好、书画皆宜的夹江书画纸走向了山外，成为文人们争相追捧的书画用纸。如今，大千纸坊内完整地保留了夹江纸制造所需要的器械，如镰刀、石槽、筛子、刷纸墙等，甚至很多已经过时的工艺器材，大千纸坊依然保留着。

在"青衣绝佳处"的夹江千佛岩，坐落着全国唯一一家手工造纸博物馆。它前临青衣江，后枕千佛山，风景优美，环境宜人。博物馆共分四个展厅：功垂千古、作范后昆、古泾流风和蔡伦纪念馆。馆藏文物和实物标本两千三百多件，并陈列有数百个品种的古今中外名纸和全国著名书画家的数十幅夹江书画纸作品。功垂千古展厅，进门首先看到的是蔡伦的塑像，并有再现蔡伦改进造纸术的图画。以文物图画和实物标本，展现了纸前时代人类记事的各种方法和造纸术在中国的发明发展。作范后昆展厅，以夹江手工造纸的工具、原料等实物，表现了手工造纸的工艺流程，对七十二道工序、十五个环节都有所介绍。同时，这里还形象地展示了造纸工具，包括料池、篁锅、石臼或石碾、纸槽、纸帘、大壁、纸架等。古泾流风展厅，展示的是夹江造纸的悠久历史，以及夹江生产的各类纸品、纸加工品，使用夹江纸的各类书画作品、报刊等。其中，最有价值的是明代以来手工造纸的八十六个品牌、一百三十多个花色样纸，张大千20世纪30年代在夹江研制、改良并监制的"大风堂造"书画纸和古契约也弥足珍贵。第四展厅是蔡伦纪念馆，塑有蔡伦坐像。夹江人把造纸之师蔡伦奉为纸乡之神。馆内还有碑刻，纪念蔡伦以及为纸乡做出贡献的人们。

在华夏五千年文明的悠悠长河中，总有一些曾经闪耀数百年甚至上千年的中华绝粹无法穿越历史的迷雾，悄无声息地陨落。然而历史在带给我们更多遗憾和迷惑的同时，却总会在不经意间给我们莫大的惊喜。四川夹江马村一带，其传承古法的手工窑纸制造技艺，上承晋代的"竹纸"生产工艺，又与明代《天工开物》所载工序完全相合，几乎原版地复活了造纸术，至今仍闪耀着中华民族的文明华光！

元宵节里高桩会

朱仲祥

每年春节，丰富多彩的民俗文化活动，是夹江父老乡亲们的最爱，也是我挥之不去的乡愁。而高桩彩会就是其中的保留节目之一，也是人们每年春节之后津津乐道的话题。

高桩彩会是峨眉山下特有的一种传统民间造型表演艺术。这一传统的民俗表演，反映了故乡人对传统民俗文化活动的需求，更展示了父老乡亲的聪明才智和艺术水准，被称为巴蜀文化大花园中的一朵奇葩。

高桩彩会是一种空间造型艺术。它把各种造型的演员（一般都是小孩）高悬、支撑在空中，构成立体精彩的艺术画面，产生奇特惊险、不可思议的视觉艺术效果。如一台名为《踏伞》的高桩造型，装扮成剧中人物的女演员，凌空站在撑开的油纸伞上，摇摇欲坠但就是不坠，很是惊险奇特；再如一台《活捉王魁》的高桩，那扮成穆桂英的女孩站在鬼卒手持的提牌上，居然就是掉不下来。当然，我还见过更刺激的，就是让演员置身在刀锋之上摆造型。这些风格各异，惊、险、奇、美的造型，使不少观众瞠目结舌、叹为观止。夹江的父老乡亲，就是通过这种表演方式，鲜明地展示自己的审美和爱憎。

高桩彩会的造型内容，取材于中国传统戏剧、历史小说中的精彩场面，而故乡人喜爱的川剧故事是其中的首选。单是一部与故乡峨眉山有关的《白蛇传》，就能够衍生出"水漫金山""船舟借伞""断桥相会""盗灵芝"等不同的高桩造型。此外，《水浒传》中的"十字坡"、《封神榜》中的"哪吒闹海"、《说岳全传》中的"朱仙镇"等，都是高桩彩会造型的惯熟题材。

夹江高桩彩会，将戏剧情节中的精彩场面，由真人表演定型为立体画面伫立于空中，既神秘又真实，静中有动，动中有静，深受人们的喜爱。因此，每逢元宵夜，家乡的民众社团都要举办高桩彩会。每年的元宵节，夹江城里或者一些乡镇，人头攒动，盛况空前。人们老早就等候在街道两旁，翘首以待。每当运载着一台台造型奇特美观、被装饰得五光十色的高桩车队缓缓驶来，人群就会发出阵阵喝彩，伴随礼花升空，锣鼓喧天，热闹的气氛升到了高潮。

高桩彩会绑扎技艺是夹江、峨眉山一带民间长期以来开展各项节日文化活动的结晶，展示了人们的聪明才智和艺术水准。

夹江高桩彩会活动历史悠久，在川内，特别是乐山市颇负盛名，在中国民俗文化大花园中独树一帜。它由清末夹江乡间的平台、地会民俗表演逐步延续演变而来，至今已有一百多年的历史。在我的故乡峨眉山下青衣江畔，平台、地会和高桩，原来是三种不同的民俗表演形式，后来人们逐渐用高桩取代了平台和地会，但吸取了后者的精华部分。早期的高桩彩会，是在八人抬的方桌上表演，称作高桩平台，行话叫会墩，相当于演戏的舞台。那时受制作材料、表演道具和器材等因素的限制，整个造型只能固定在方圆一平方米左右的大方桌上。这样的弊端是，只有孤独的人物造型，没有相应的背景衬托，显得较为淡薄简陋；且只能人工费时费力地抬着走，路程长了受不了，就要停下来歇会儿再走，影响了活动的连贯性。更谈不上声、光、电等科技手段的运用，虽然古朴，但显单一。

随着社会的发展和进步，夹江高桩彩会也在不断推陈出新。故乡的高桩彩会表演的改变，首先从运输方式的进步开始。从20世纪70年代开始，由原来人工抬着走，逐渐变为用手扶拖拉机载着走，其优势是行走更加平稳，平台面积上也有较大突破，可以给民间艺人们更大的发挥空间。这种尝试得到社会一致好评后，他们又大胆创新，过渡到用农用货车或载重平板车运载。平台变大了，造型内容就可以更加丰富多彩，场面更加壮观恢宏。特别是利用声、光、电等先进技术，将原人力抬着游行的会墩改在汽车上，场面容量大，增加了人物配景，夹江高桩彩绘绑扎技艺制作更加完美、精湛，形体表演从静止到动感，从无声到有声，从无照明到灯光布景。

搭建平台和绑扎手段的改变，也给艺术创作提供了更大的自由。艺人们在节目取材上，不仅继续保留传统的戏曲经典场景故事，也大胆采用一些反映现代生产生活的内容，比如登月计划、航空母舰、龙舟大赛等，将传统艺术和时代气息相融合，起到了出人意料的效果。

总之，运载方式的改变，带来绑扎技艺和艺术创作方式的改变，使夹江高桩彩会更具稳固性、安全性、艺术性，审美效果也更好。

高桩彩会在追求惊、险、奇、巧、美等艺术魅力的过程中，非常讲求力学原理，达到惊而不险、奇中有巧的效果，是艺术和力学的完美统一，其奥妙就在于民间艺人高超的绑扎技艺。我的父老乡亲们，就是通过奇巧大胆的艺术构思和精巧娴熟的绑扎技艺，把看似不可能的空间立体画面，展示给节日里参加庙会的人们，实现他们求新求变、求巧求奇的艺术追求。

大俗才能大雅，大美藏于民间。这些艺人们，都是民间艺术的传承者和创造者。长期以来，他们都在追求美、创造美。表现在高桩彩会上，则是将传统戏曲或现实生活中的典型人物，通过服装、道具、化妆等艺术造型，使其成为所要表现的对象。对参与表演的小孩的挑选，有两个主要标准：一是年龄、个头要相宜，不能太大太高，否则不好支撑；二是身体结实，性格坚韧，要能够和愿意在支架上坚持一个多小时（如果加上绑扎的过程，时间就会更长）。还有就是要与所饰演的角色接近。因为年龄等条件相对苛刻，一个小孩最多参加两次表演就会被淘汰。听说我有次成为表演的候选人，被母亲一口拒绝了。理由是我身体不行,怕坚持不下来。但那些平日里一起玩耍的小伙伴,一上戏装就变了个样,特别是扮作小生花旦的,美得不行,让人羡慕。

挑选到合适的小演员后,再将这些小模特高悬、腾空于会墩之上,成为元宵节里万众瞩目的焦点。他们或站在指尖上,或吊于刀尖下,以示其"险";将人物或立于转动轮上,或立于飞带之中,扮演动物生动逼真,以示其"奇";小模特的服装道具制作精良,加之整体造型大方、协调,以示其"美";整台高桩造型藏其机关、隐其锐角,通过暗藏转动滑轮、播放录音等秘密手段,以示其"巧"。

观看高桩彩会的人们总在思索追寻他们是怎么做到的。后来探访高桩绑扎老人,我才略知一二。其中的奥秘就在于支撑模特的一根根铁棍上。这些铁棍不大也不小,但足以支撑表演的孩子们。铁棍一头固定在平台上,一头绑扎在模特腰间,看似很危险,实则牢靠安全。这些起到固定作用的铁棍,被戏服和道具巧妙地挡住了,一般人看不出来。不过,过去用人工抬着走时,出现过失误,因不堪负重而将演员颠下了平台,露出了里面的铁棍机关。近年来采用汽车运载着沿街慢行,这种掩饰的效果就更到家了,一般外乡人更不容易看出名堂。

近年来，故乡夹江的高桩艺人们，又把灯会和杂技的一些技法运用到高桩彩会中来，创新了高桩彩会的表现形式，所使用的不仅是铁棍和布条，还有光学、电学，参与制作的人也年轻化了。故乡的新老两代人一起努力，让这一民俗艺术彰显出更加迷人的魅力。

民歌悠悠唱三江

朱仲祥

好久那个没到这方来哎,这方的凉水长哎青苔哎。吹开来青苔喝凉水哟,长声吆吆唱起来哎,哎好久没到这方哎,唱起歌儿过山岩哎,站在坡上望一望哎,凉风悠悠噻吹哟过来,好久没到这方来哎,这方的树儿长成材哎,青山绿水逗人爱哎,一对秧鸡儿噻飞哟过来……

这是一首曾经广泛流传于青衣江畔的

民歌，以其诙谐幽默的歌词、欢快热烈的曲调，打动着每一位听者。

其实，青衣江流域的民歌，历史源远流长，最远可追溯到唐宋时期。那时，生活在这一带的青衣羌人，以及后来从黔地来四川定居的獠人，都是热爱歌唱和舞蹈的民族，他们在生产生活中，创作了许多生动活泼的民歌，来抒发对生活的由衷热爱和对事物的自我评判。那时流行于乐山一带的竹枝词，就是典型的民间歌词创作样式。比如唐代女诗人薛涛所写的《题竹郎庙》，就是一首竹枝词。陆游主政嘉州（今乐山）时，忙完公务之后，来到岷江上游的青衣县，立即被乡村男女的田间对唱所吸引，特别是他们抒发感情的质朴深情，让他自愧不如。于是他学习创作了竹枝调的《玻璃江感赋》，诗曰："玻璃江水深千尺，不如江上离人心。君行未过青衣县，妾心已到峨眉阴。"诗人俨然化身为一位多情女子，对情郎的绝情离去悲悲戚戚，依依不舍，却又心生怨恨。清初诗人王士祯来到嘉定城中竹公溪，一连写作了《汉嘉竹枝词五首》："漏天未放十分晴，处处江村有笛声。水远山长听不足，竹郎祠下竹鸡鸣。""竹公溪水绿悠悠，也合三江一处流。珍重嘉阳山水色，来朝送客下戎州。"……诗人可谓一气呵成，把这方水土上的民风民俗做了真切的刻画。清代乐山诗人陈宗源创作的《青衣江打鱼歌》，也是其中的代表之作。其实，历代大诗人都注意从民歌中吸取养分，对民间的歌曲样式很感兴趣，虚心向当地居民学习，留下了不少十分宝贵的堪称典范的民歌。

青衣江流域山多，所以这里的民歌又叫山歌。这里的人们居住在山间，劳作在山间，歌唱在山间。他们从这个山头朝着那个山头随便一唱，立即就会得到对面山头的回应，形成山歌对答、此起彼伏的效果。他们所唱的内容，大多和生产生活紧密联系。那时候，民歌伴随着他们的每一个生活环节和侧面。他们劳动时歌唱，空闲时歌唱；他们高兴时歌唱，痛苦时歌唱。他们用民歌疏解疲劳，鼓舞干劲，比如各种劳动号子；也用民歌歌唱生活，抒发感情，像众多的情歌；也有讥讽达官贵人、表达个人爱憎的。民歌歌唱者随性而为，不拘格律，于即兴创作中体现才华，表达喜怒哀乐。而今阅读经过整理的若干民歌，我们不能不佩服歌唱者随机应变的机敏才情。

青衣江水道，连接着南方丝绸之路与茶马古道，自古以来航运十分发达，江上舟来楫往，帆影飘逸，拉纤便成了行船的常态。船工们在拉纤中，创作出了丰富多彩的船工号子。

拉纤是一项需要相互协调配合的强体力劳作，为了协调全船操作步调、鼓舞船工劳动情绪而形成的各种旋律格调，是具有独特地方风格的民间音乐。岷江由于船只吨位大，五十吨以上的木船都配有号子。喊号子的人称为号工。行船时，船夫们听到号子如得军令，一起奋力拉纤或划船。乐山境内的几条大河，因其沿袭的传统不一样，拉纤的号子也各不相同。比如岷江上行船相对平缓，船工号子多在动作的协调上下功夫，其节奏相对不那么急促。大渡河水流相对湍急，上滩过浪的时候较多，其号子重在鼓劲，节奏比较急促，调子雄浑激昂。而青衣江的水流时缓时急，岷江号子与铜河（大渡河俗称）号子的特点兼而有之，悲凉苍劲，雄浑沉郁，铿锵有力。

俗语言："十里不同风，百里不同俗。"夹江独特的地理环境造就了独特的民俗文化。作为夹江民间艺术"五朵金花"之一的竹麻号子，就是夹江最具地方特色的民歌，流行于马村、中兴、迎江、华头等产纸区。以往打竹麻制浆全为人工操作，生产中边打边唱，一人领唱众人和，既协调了动作又减轻了疲劳。因此，嗓音好歌词记得多的人很受重视，老板争相聘请他们担任领唱。竹麻号子的曲牌和腔调自成体系，有高腔、平调、"当当且""连环扣""扯麻花""银丝调""石王调"

等十多种。竹麻号子可一曲单唱，也可数曲联唱，节奏较强，变化较多，具有地道的夹江纸乡气息。歌词内容与山歌大同小异，既有随意套唱，又有即兴创作，见啥唱啥，连过路的路人都可入歌。

相比那些船工号子、竹麻号子，平日里田间劳作所唱的山歌，就相对轻松活泼一点。他们插秧时有栽秧歌，打谷时有打谷歌，割草时有打草歌，放牛时有牛儿歌。这些民歌依然是见什么唱什么，或者想起什么唱什么，但总体和所从事的劳动生活相关联，把劳动作为"起兴"的由头，所以大体上有个选材范围的框定。比如《好久没到这方来》："好久没到这方来，大田栽秧排对排，乡亲老表一起来噻，欢乐的歌声唱哎起来，好久没到这方来呀，哟哟，这方的姑娘长成才哟，呀呀，呀儿海棠花儿香，呀儿海棠花儿香，大姐是个好人才呀，哟哟，幺妹担水送茶来哟，呀呀！"他们甚至把农活的时令节气和技术要领编进民歌，以达到口口相传的目的。穿行在春天或者秋天的田野上，不时有悠扬粗犷的山歌，越过成片的秧苗或树林，映山映水地传过来，此起彼伏地传入耳帘，这是一种多么愉悦的感受。

爱情自古以来都是人们常谈常新的话题。婉转多情的三江流水，不仅哺育了两岸的子民，也哺育了两岸的爱情。这一流域的民歌，最新鲜活泼也最打动人心的，还是其中的情歌。他们劳作时唱情歌，空闲时唱情歌；他们站在山巅时唱情歌，坐在自家院子里唱情歌。他们用歌唱的方式来表达爱意，诉说衷肠。比如有首夹江民歌《送哥送到田里头》："送哥送到玛瑙河，妹捧河水给哥喝；阿哥喝了手捧水，三年五载口不渴。"热烈大胆但不直白，可谓含义深厚，余韵悠长。

乐山一带的情歌分两种：独唱和对唱，齐唱的几乎没有。比如独唱的，"青江涨水淹石包，石包上面栽葡萄。好吃还是葡萄果，好耍还是小娇娇。"一个人在那里吐露心声，倾诉相思。比如对唱的，"（女）耳听情郎好声音，躲在哪里不作声，是好是坏见一面，免俺时常挂在心。（男）草鞋烂了四股筋，青蛙死了脚长伸，黄鳝死了不闭眼，爱妹至死不变心。"女的小心试探，男的信誓旦旦，在一男一女的深情对唱中，展开了一幅动人心魄的风情画卷，让你内心荡起温暖的涟漪。

这些情歌，或含蓄婉转，或热烈大胆。不论是哪种风格，都一样直入人心，胜过许多装腔作势的现代诗歌。他们所取意象的鲜活，是关在屋子里面绝对想不出来的。比如"大河涨水小河浑,鲢鱼跳到鲤鱼坑,河内鱼多浑了水,情妹郎多乱了心。"借河里鱼多作比,表达对情妹的责备,每一个意象都新鲜而独特。品味这些情歌,你会想起《诗经》或是汉乐府里有关爱情的经典诗句。只不过这些民歌更加机敏俏皮,更加接地气。

　　青衣江民歌伴随着青衣江水滚滚流淌,长流不息。虽然今天的社会已经多元化,人们用来表达情感的方式已经各异,但打捞这些先民劳动生活中口口相传的民歌,却可以让我们浮躁的心变得平静。俗话说,大俗才能大雅。这些乡村俚调的民歌,自有其深刻的民族艺术属性和民族艺术基因,也正是我们今天艺术创作应该吸收的宝贵资源。品味青衣江流域的民歌,如同品味一坛陈年老酒,醇香而浓烈。

寻访罗城老戏台

朱仲祥

老戏台是民间文化源远流长的一个重要标志，是故乡游子永远牵挂的一份乡愁。但纵观现在的乡村，许多老戏台几乎都淹没在了时间的长河中。犍为罗城船型街的老戏台，则是保存至今并依然在使用的一处。于是，我们抽了个时间，沐浴着岷江之滨明媚的秋阳，寻寻觅觅而来。

走在罗城街道，只见人头攒动，摩肩接踵。附近四里八乡的人们，或穿行在条石砌成的街沿上，或漫步在宽敞的凉厅下，赶街或贸易。宽屋檐构成的街道两边的凉厅,是罗城船型街的一大特色,几百年来生生不息的人们,在凉厅下开店、喝酒、吃肉、饮茶、观灯、看戏、听书、下棋、打牌、掏耳朵、抽叶子烟、卖狗皮膏药,仿佛这里是房屋围起来的一方世外桃源,人们怡然自得地享尽人间红尘的清福。我们穿行在熙熙攘攘的人群中,看见乡亲们饶有兴致地挑选着喜爱的小商品:绣花围裙、卷边童帽、千家衣、假面具、烟杆嘴……从东头经老镇的下节街挤到了船型街,我们仿佛刚刚穿越时空隧道,走进了古时的世俗街景。在这里,没有新型机动车辆来往轰鸣,没有现代音响器具鼓噪喧嚣,一切都以自古沿袭的传统特色而存在着,让我们时空穿越般感受着浓郁淳厚的乡土气息。

但我所关心的还是罗城老戏台。我们进入船型街口,站在船型街中央抬头望去,一座老戏台便出现在眼前。作为古镇标志,罗城老戏台位于船型街中部。戏楼分三层,底层是下节街经船型街到上节街的通道,中层就是戏台,顶层四角飞檐高翘,状如云中飞鹏,姿态舒展,气势高昂。戏楼两旁的大木柱上挂有木黑板对联,联曰"昆高胡弹灯曲绕黄粱,生旦净末丑功出梨园"。内壁正中高悬横匾,匾云"神听和平"。戏楼前沿横排镂雕的图案,人物场景栩栩如生,活灵活现。

戏楼背后挺立着一座石牌坊。与别处的石牌坊不同，无角无檐，却气势雄劲，高大壮观。牌坊四柱上镌刻着两副对联，其中一副是"入怀有铁岭松风何须南海，到处是阳春白雪显属灵官"，横额为"濯濯永流"。整个戏楼给人一种古朴、典雅、庄重、沧桑的感觉。戏台是乡场中乡民们的文化娱乐场所，而两边宽敞的凉厅给场镇活动提供了全天候的服务，逢场天是集市，节日是广场，平日是交通，夜间可游玩。戏台前面两边就是船篷一样的厅廊。人们晴天看戏可挤满戏台前的小广场，如遇雨天则可站在凉厅里观看。

在古代，遇上节日或其他喜庆活动，常常是有钱人家请了附近的戏班子，在戏台上一连唱几天的戏，生旦净末丑轮番登台表演，川剧的变脸让观众看得如痴如醉。如今这里依然保留了这一习俗，每逢年节或庙会，戏楼上便有整台的川剧演出，如《御河桥》《打金枝》之类，也演出灯影戏、木偶戏和民间杂耍，戏台上剧目异彩纷呈，戏台下观众乐不思蜀。戏楼前的街道也是镇上居民进行活动的场地。每逢节日和庙会，家家户户张灯结彩，人们穿红着绿，纷纷奔涌到这里来观看花灯、秧歌、平台和民间高跷表演，这里因此成为远近闻名的"罗城夜市"，想象中那该是何等热闹的场景。

老戏台前还经常活跃着一种奇特的民间灯舞——罗城麒麟灯,在省内享有较高知名度,已经被列入民间"非遗"加以保护。朋友告诉我们,罗城麒麟灯取材于民间神话传说中的"麒麟送子",有较完整的故事情节。相传,美丽的七仙女与董永相爱后,王母命天兵将七仙女强行带回天宫后生下一子。董永强压悲愤,一心苦读,高中状元。玉帝闻讯后,派一名天将护送董永的儿子乘坐麒麟下凡,在长安会仙桥将其子送还董永,这就是民间"麒麟送子"的传说。

我在乐山的一次节庆活动中,有幸目睹了麒麟灯的精彩。只见灯舞的表演,围绕情节展开:麒麟送子来到人间,土地前去迎接,云童、风女、旗阵、灯队簇拥相伴,天将威风凛凛舞动花枪,麒麟欢腾跳跃起舞,烘托出一派喜庆气氛。其间天将的威猛仪态、土地的善良滑稽、仙童的活泼顽皮、云童的矫健身手、风女的婀娜多姿,无不精彩纷呈,吸人眼球。麒麟灯表演的独特之处,在于它有较完整的故事情节,从服饰、音乐到表演动作,都借鉴了传统川剧的表现形式,具有显著的地域文化特色。

在四川,无论城乡,喝茶与看戏似乎密不可分。我看见戏楼旁边有茶铺,便乘兴坐下体验了一把。我们刚在竹椅上落座，便有一个肩搭毛巾、一手托碗一手提壶的堂倌走过来，问一声"师傅喝茶嘛"，然后麻利地摆碗、冲水。茶叶在碗中旋转，立时扬起扑鼻的清香。我拿茶碗盖子拂弄着漂浮的茶叶，任由那清香在眉宇间飘荡，享受着一种莫名的惬意和舒畅。抬头望去，整条街几百个茶座，木桌竹椅，座无虚席。镇上老者，远方来客，团团围坐，一边喝着清香的茶水，一边打牌下棋，或咸咸淡淡地摆着"龙门阵"。

其实戏台是一个广义的概念，自古以来都是台上唱戏，台下也唱戏。每个人既是演员，也是观众，共同构成了一部五彩斑斓的社会大戏。比如罗城，不仅有大戏台，还有丝绸之路上的大商贸，还有大商贸中的大融合。

穿过戏楼和石牌坊下的通道，汇入广场的人群向上节街缓步前行。街道越走越窄，以致成了弯弯曲曲的小巷。构建石阶和铺筑古街的条石，当路的被踩踏磨损，线条不再挺直；靠边的长满苔藓，布满沧桑。古镇不仅有三观五庙五会馆，还有长瘦门、中和门、启明门、霭吉门、水星门、太和门、明远门七大闸门，留下了曾经的军事重镇的痕迹；另有正西街、正南街、中菜市、半边街、兴隆街、兴顺街、石桥街、横街、兴街等九条街与四小巷口，布局合理严谨。老店铺诸多，如"三元号""万泰祥""民乐园""铁山春""祥泰天""亨又亨""天然居""舟和圆"菜坊、"船中楼"客栈、"杏花村"酒家、"雅仕居""丰泰号"茶馆,悬挂着"未晚先投宿,鸡鸣早看天"等古老招牌,尽显川南小镇街坊特色。每逢赶集、庙会,逢年过节或"黄金周"等喜庆日子里,街上往往车水马龙,热闹非凡。

离开罗城老戏台以及戏台周围的船型街时,我想起了著名作曲家肖斯塔科维奇曾经说过的一段话:"许多事物在我们眼前老去了、消逝了。可是,我想,许多似乎已经时过境迁的事物最后会显得新鲜、强有力和永恒。"是的,对这些经历风雨沧桑保存下来的古街道、老戏台,应该视如珍宝,无比珍惜,而不是熟视无睹,肆意摧残。保护好这些古老的乡村风貌,就是保护好我们自己的精神家园。

夹江年画古风在

朱仲祥

春节到来了,张贴年画装扮居所,渲染新春的喜庆,更祈祷着来年的吉祥幸福。这是乐山乃至四川地区传承已久的民间习俗,更是远方游子挥之不去的乡愁。

乐山及周边地区的民间,自古就有春节贴年画的习俗,从而催生了夹江年画的创作和制作,逐步形成了一定规模的地方文化特色和文化产业,并产生了广泛的影响。夹江木版年画与绵竹年画、梁平木版年画并称四川三大年画,与天津的杨柳青年画齐名。这在《夹江县志》等史志上多有记载。

　　来到夹江，去马村的万亩竹海中看看手工造纸，再到青衣江边欣赏一下年画制作，实在是一次惬意而独特的旅程。

　　其实，大约在明代万历、天启年间，夹江境内就有年画作坊存在，主要由"帖扎行"兼营。艺人们利用当地造纸的便利条件，制作一些相对简单的年画。据一些老艺人回忆，到清代末叶，位于夹江县城近郊的杨柳村、谢滩村一带，已经有很多年画作坊在大规模生产销售年画。其中，最为著名的作坊是"董大兴荣"和"董大兴发"。据说那时候，因为年画生产具有很强的季节性，除了那些生意很大的作坊一年四季不停业外，从事年画生产的中小作坊一般农忙时务农，闲暇时购置纸张、研制颜料、雕刻画板，秋收一过，就开始生产年画，一直要忙到腊月底。

　　夹江年画除了满足周边地区的需求，还远销湖广及南方丝路沿线的滇黔地区，以致那里乡间有"黄丹门神能驱瘟"的说法。年画年销量最大时，超过了千万份。仅"董大兴荣"一家作坊，年制作销售的年画就有几十万份。年复一年，夹江年画便形成了自己独特的流派和品牌。

如今来到夹江，犹可见年画制作的传统工艺，实在是一种幸运与感动。

在夹江年画研究所，只见民间艺术家们先按照创作好的图案，刻出一张张模板，再放在画案上，刷上墨汁或颜料，覆上本地手工纸，用柔韧的鬃刷子一遍遍地"刷"。几道工序下来，一张年画就基本完成了，然后还要适当染色，比如人物脸腮、衣服、花瓣等等，凡通过印制无法表现的，都要通过染色来渲染强化，使画面更加鲜活喜庆。用艺人们的说法是：细描精刻、田平沟深。色是肉、线是骨，色线相依不分离。蓝绿是叶片，黄丹是花朵，叶衬花朵更精神。先色后墨，由浅入深。

夹江年画作为川西南独具特色的农民画，在民间土生土长，经过长期的修改和提炼，集中体现了当地劳动人民的勤劳智慧，包含着广大人民群众对于和平、安康生活的追求和向往。夹江年画在创作构想上，尽量接近生活实际，强调"喜闻乐见"和"有看头"；在色彩运用上，要求色调鲜明，对比强烈；在人物绘画上，要求形象饱满，线条粗犷，风格爽快利落。画工依照作品分别画线稿和色稿，一色一稿。刻工照稿刻版，一色一版。印刷工在画案上压纸校稿，按照先色版后线版的工序，由浅入深，多次套印。夹江年画以当地生产的粉笺做坯纸，质地光滑细腻，既宜观赏，又耐贴用。工艺流程上十分讲究，先用黑烟子印出墨线和黑发眉眼及衣饰，人物面部皱纹、衣服、盔甲、道具上的装饰图案的线条，用赭石色套印上去，再依次套印其他各色，色版多则八套，少则也有四套颜色，形成一种古色古香的风格，有很强的装饰效果。年画常用苏木红、槐黄、品绿、蓝靛、黄丹等色，所用颜色都由植物、矿物研制，色彩鲜艳，和谐悦目，特别是黄丹色不怕风吹日晒，久不褪色。雕版刀法粗犷、朴质，富有稚拙之美。手绘年画色彩淡雅，接近古代文人画的气韵，淡青灰绿的色调和西南岷江流域的田园风格非常协调。

夹江年画造型夸张，内容丰富，题材广泛，既有反映民俗风情、民间故事的题材，也有充满浓厚生活气息的主题画，具有很高的艺术性。年画人物形象秀美，表情细腻，构图饱满，疏密得当。夹江年画还广泛吸纳其他民间艺术的技法，借鉴壁画、木版画的传统造型技法，构图丰满，虚实相间，匀称合理，造型夸张，表情生动，有浓郁的乡土气息和地方特色，具有很高的历史价值和艺术价值。年画的造型和神韵也和别地不同，有着浓郁的川味，柔美清奇，面相也有川人的感觉。夹江年画的内容丰富多彩，题材不受时空所限，主要有祖像类、门神类、山水花鸟、戏剧人物、神话传说等，如"神荼郁垒""三顾茅庐""耗子结亲""穆桂英挂帅"等，都是惹人喜爱的传世佳作。同时也有很多取材于民间生活的年画作品，如"人财兴旺""福禄寿喜""五谷丰收""耕读传家"等，充满浓厚的生活气息。

我国许多民间艺术流传至今，首先要感谢那些矢志不渝的传承人，周发文就是这样的一个人。夹江年画更早的传承人叫罗象庸，周发文是副手。过去在周发文所在的城郊谢滩村，有董、罗、陈、李四大家族制作年画，她是罗姓年画的传人，如今已经八十高龄，犹能进行年画制作。

2012年重庆中国三峡博物馆研究员造访夹江年画研究所，带来20世纪40年代馆藏的夹江年画的复制照片，为这一国家级非物质文化遗产找到了珍贵的历史资料。这些年画复制照片，是著名考古学家卫聚贤收藏并捐赠的作品，但是一直未启封。该馆为准备2013年春节年画展时，首次启封所赠画卷，发现夹江年画有三十三幅。在这些年画照片上，可以清晰地看到年画作品右下角明显标识"董大兴发""董大兴荣"的字号，均出自夹江著名的年画大作坊，同时还有年画采购商家的字号。另据夹江年画研究所所长介绍，此次所赠的夹江年画复制图片，对于夹江年画史的研究具有重要意义，不仅将进一步还原夹江的民俗文化，还具有重要的研究价值。

春节到了，祈求来年风调雨顺，幸福安康，这是人们普遍的心理需求。年画就是这种心理需求的艺术表达。因此在过去，人们春节之前赶腊月场，备年货，买两张年画是必不可少的。回到家里，和着春联一块儿张贴。贴张灶神，希望来年每顿都有米下锅，不断炊；贴张财神，希望来年能够有财运，改善一家人的生活；贴张"福禄寿喜"，祝福全家人健康吉祥；贴张门神，将邪恶鬼魅拒之门外。正如宋代大诗人王安石《元日》一诗所言："爆竹声中一岁除，春风送暖入屠苏。千门万户曈曈日，总把新桃换旧符。"在春节到来的时候，揭下旧的春联和年画，贴上崭新的春联和年画，一种新的梦想渐渐升起，一种浓浓的年味立即弥散开来……

近年来，每当桃花盛开的时节，在夹江青衣江畔的凤山村，人们穿行于万花丛中时，会发现不少路边的墙体上，一幅幅生动活泼的年画惹人眼球。这些墙体彩绘年画，在保持夹江年画木刻水印基本风格的基础上，进行了大胆的艺术创新，线条更加圆润饱满，色彩更加艳丽，内容更加贴近生活，和春暖花开的景象十分融合，真是画中有春意，画外春更浓。夹江年画在传承与创新中，必将焕发出更加夺目的艺术光彩。

远去的老调

张静

第一次亲眼见到留声机，是在二十年前的上海。那会儿，夫在其企业驻上海办事处。当时正值炎炎暑假，探亲中闲来无事的我，会一个人每天坐四五站公交，七拐八拐地来到外滩，信步在江风和热浪夹杂在一起的黄浦江边，看那一眼都望不到头的江中，远如小黑点、近若大蛟龙的轮渡一艘艘地擦身而过。若恰逢一抹赤红斜阳挂在天边，衬着江面泛起一波又一波的七彩浪花，让人沉醉其中。

整整一个假期，我的眼眸，浦东也好，

浦西也罢，都会被高楼林立的繁华和喧嚣淹没，除了南京路上永远川流不息的有着各色皮肤的、时髦新潮的红男绿女，还有印象比较深刻的就是，老上海那一家家或奢华或怀旧的咖啡馆和西餐店，似乎成了这座国际化大都市有史以来都无法褪色的底片。直到现在，我依然清晰记得所居住的闸北区很多很多的老上海经常挂在嘴边的那几个耳熟能详的名字，红房子西餐厅、红宝石面包房、东海咖啡馆等，名字颇有西洋味道。其中一家名字叫作"老电影"的咖啡馆，位于老公办事处旁边临街拐角处一栋老式洋房里，我一次次从它门前缓缓经过，门口有露天的咖啡座，走进去，让人耳目一新，别有洞天：陈旧的摆设、沙沙转动的胶片、老式的唱片机，邓丽君舒缓优雅的声音，抑或一段老得一时间难以想起来的舞曲，四下弥散在绿树成荫的午后。这个时候，如果你正逶迤着身子看窗外婆娑的阳光一抹抹地洒进来，那阳光，照在坐在上面有些咯吱响的漆黑木椅子的扶手上，反衬出炫目的光芒。这种光芒，让人有一种瞬间迷失自己的感觉，仿若进行了一次前世今生的"穿越"。

　　老板姓陈，五十多岁，是一个老上海，同时也是一名老电影的忠实爱好者。他的咖啡馆里，一架旧得脱了漆皮的深红色木柜子上一层一层摞摞地放了很多一时难以数清的黑胶木老电影片子。路过的人，若到了这里，五元一杯咖啡，若再加一元，即可多得一包五香毛豆或爆米花一袋，然后就能在消磨这一盘子小吃小喝的时间里，安静悠闲地品味一段陈旧的故事。最让我难以忘怀的是，那绕着洋房斑驳的老虎窗和旧风扇，仿佛在向你诉说那早已消逝在凡尘中的过往的岁岁年年，将你的思绪拉回老上海，仿佛时光倒流了几十年。让所有或深或浅或浓或淡弥散在这座城市岁月印痕中的一页页一张张，瞬间鲜活起来。

那段时间，我的脸上吹过黄浦江上飘过的、带着咸味的江风，而我的眼眸间，却是旧时光里沉淀下来的一段段前尘旧事，至今难忘！

再次看到留声机，是偶尔一次去了艺术系的琴房，蓝色壳，象牙黄的唱针，很精巧。它被放置在一排排黑色高贵的钢琴后面，不被人注意，上面落了一层薄薄的灰尘，似有几分被遗忘的感觉。

同事见我盯着看，就主动按下开关，那黝黑发亮的唱片便被慢悠悠的针脚划拨着，转动着。许是有些陈旧了吧，音质并不是很好，间或有些卡，听起来不太连续。我靠上去想看个究竟，同事说，那是装唱片的转轴与定位孔磨损导致滑轨了，他已问过琴行的维修师傅，答应过两日过来瞧瞧，人家有专用工具，说是调整一下间隙或者加个薄铜垫子就行。他话音刚落，又断断续续卡了几次，使原本完整的音乐被遗漏了一些小段。不过，这明显的纰漏一点也不影响同事的兴致，他端来一把椅子让我坐下，如数家珍般地向我娓娓道来留声机带给他从小到大难以言说的种种欢喜和钟情。

其实，我蛮喜欢那低沉而缓慢的调子。记得《五朵金花》《一江春水向东流》《阿诗玛》等影片，里面的歌曲或音乐大都是从留声机里放出来的。当时的我，一只木凳，几块砖头，能目不转睛地盯着青白的屏幕看上两个小时。当然，除了喜欢看那些演员踩着温婉的节奏跳着曼妙婀娜的舞步之外，更多的是对影片中那个褐色胶木匣子里流淌出来的老唱片感到很惊奇，那个时候，我知道了它的名字叫留声机，可以放很多好听的歌曲儿。

之后，很长一段时间，我都醉心于这玩意，这让我对邓丽君、凤飞飞、蔡琴、张曼玉等人竟然了如指掌。直到成人后，才发现，其实，我所醉心的，不过是那金属质感的唱针轻轻浅浅地，就划过了岁月的印迹。我仿若看见，那层层叠叠的唱片里，一段段旧日时光被尽情演绎，如同红尘中一阕永远唱之不尽的悲欢离歌。

风箱记忆

张静

每次回老家，乡下都悄然发生着变化，好像又梳妆打扮了一番，一次比一次新，一次比一次陌生。比如房屋、树木、街道无一例外变了模样，连父辈们使唤了多年的老物件，诸如桌子柜子、水缸老瓮、坛坛罐罐等逐渐被闲置起来了。

好几次，弟弟嫌它们放着碍眼，想扔掉。父亲红着脸说，好好的，乱扔啥，说不定哪天就派上用场了。父亲说完，又把它们放到一个角落里，隔三岔五擦干净，擦完了，还不停用手摸，满脸的亲切，像旧年的日子都刻在上面似的。

记忆里,我爷老屋的风箱年代最久,差不多算是传家宝了。用我叔父话说,它见证了老张家几代人的愁苦与欢乐。

风箱,关中的百姓人家称呼其"风龛",长方形,泡桐木制作的,轻巧柔韧,有弹性,不张不走,很耐用,手拉的细长杆则是槐木或者榆木的,硬度高,耐磨,越拉越光滑。一个好材质的风箱,可以用上几十年,传承两三代人。

我家的风箱最早是原木色,白茬,不上漆,时间长了,烟熏火燎的,就变成褐色了。我舅爷家在上唐,是旧时村里的财东富户人家,他家的风箱更是别具一格,除雕刻了一大朵牡丹花之外,还上了一层油亮的清漆,镶了黄铜边角,看着精贵又奢华。而且,风箱一般都是放在灶台右侧,垫几块砖,离开地面一点距离,用来防潮。顶面压一块厚木板,在前后两个长角再压两块砖头,把风箱压稳当。风箱下面的出风嘴对准灶台下的进风道,有时还得缠点碎布或鸡毛,密封严实,防止风嘴漏风。

我们家的风箱是单根拉杆的,有的人家是双拉杆的,拉起来箱内的风板受力均匀,似乎更轻一些。拉杆下边有一个不大的进风口，方方正正，里侧挂一个巴掌大的"风舌头"，是用薄木板做成的。往里推时，风舌头张开，风被吸进去；往前拉时，风舌头"吧嗒"一声合上，风从后面的进风口吸进来，通过风匣嘴吹进灶膛里，前后两个风舌头随着推拉一张一合，就会发出"呼嗒呼嗒"的响声，清脆，悠扬。

拉风箱是有技巧的。把点着的柴火塞进灶膛时，只需轻轻拉动几下风箱，锅底的火苗就"噗"地蹿起来，伸出火舌兴奋地舔着锅底。这时要轻轻地拉，切记不可用蛮力，否则风太大，会把灶坑里的那点引火给吹灭了，还得重新点。这样烧一小会儿，等那一撮引火麦草烧旺了，就可以只管往灶膛里添玉米秸、棉花秆、果树枝等硬柴，或添进去些煤炭，此时，风箱则可以随意任性拉了。你听，早午晚间，东家的，西家的，一只只风箱"呼嗒呼嗒"响起来，和着鸡鸣狗叫、孩童笑闹的喧哗，大人们的脚步声、说话声，成为一首极其动听的乡村交响曲。

我会拉风箱，是母亲教我的。打我记事起，做饭时，母亲多喊我帮她拉风箱，我也挺爱干这活儿的，不怎么累，可以一边拉一边看书。等水开了，热气冒出来，我就喊，娘，锅开了！

母亲急急跑进来，舀出几马勺灌满热水瓶，然后下玉米糁子或者白米。母亲一边用筷子搅，一边喊我，赶紧续柴，大火烧。待翻滚几下后，她揭开锅，搁进去蒸笼，放几个馍，嘱咐我，好了，看着锅里的气，温火，慢烧，气下去了，填一撮柴火，稍微用点劲就行，记住，不能淤锅。母亲说完，就去后院忙别的事去了。碰到蒸馍、煮肉、包包子等繁复的活儿时，母亲会叮嘱我，"一汽馍馍二汽糕，豆渣窝窝大火烧"，还有什么"烧锅是猴相，两眼锅底望""灰往两边分，柴往中间放""一手拿火棍，一手拉风箱"等等，这些都是烧火拉风箱要掌握的要领。

记忆里，小时候，好像啥饭都必须用风箱才能做好。熬米粥、蒸馍馍、烧红薯、炖肉、炒菜等各种各样的饭菜，都是这样做出来的。那熟悉亲切的风匣声，从早到晚，从春到夏，伴着我们度过一年又一年。我清楚地记得，弟弟把从苜蓿地里逮回来的蚂蚱、油子一类的，用草梗子串起来，放到灶膛的火灰里焖烤。不消几分钟，蚂蚱就被烤熟了，皮黄肉嫩，馋得人直流口水。还有那时，乡下人穷哟，弟兄们多的人家，老大老二娶了媳妇后，就得另起锅灶。他们房子可以不盖，几家子挤在一个院子里，农具和牲口也可以公用，但田地和锅灶却是必须分得一清二楚，免得伤了和气。故而，在分家前，定然早早请锅瓦匠盘锅头、垒灶台、买铁锅、打风箱，一点都不马虎的。这些细碎活完毕后，早、午、晚，从村子里走一遭，听到的呼嗒声肯定又多了一个，节奏舒缓，炊烟袅袅。日子过得好的，油炸麻花，杀鸡炖肉，童叟欢颜，看着、听着都暖烘烘的。

村里的三爷是木匠，不但会盖房、打家具，还会做风箱，尤其是风箱活儿做得细腻讲究，四乡八邻很出名的。三爷做的风箱，分大、中、小不同规格。大号的风箱一般用于镇上的铁匠铺子，尺寸大，风力也大。中等的，长不足一米，适合乡下人烧火做饭用。最小的，一尺多长，主要是银匠、锡匠、小炉匠等走街串巷做生意用。可以说，三爷家殷实的好日子就是靠做风箱的手艺挣来的。三爷老了，他唯一的儿子死活不愿意学，眼看这手艺要失传了，我三叔死缠烂打让三爷教他做风箱。三爷磨叽了好长时间，终于同意了。三叔高兴得一蹦三尺高，好几回吃罢饭，将三爷毕恭毕敬地请到家里，让其传授要领。

有一回，我去三叔家玩，正好碰上三爷在面授技艺。只见他端坐椅子上，接过三叔递过来的一盒金丝猴纸烟，捏出一根，点上，很惬意地抽了两口。然后眯着眼睛，慢条斯理地说，听着，做风箱，首先是选材料，桐木为首选，材质轻、不变形；拉杆，得用质坚而顺直的椿木。其次是步骤，一点都不能马虎，锯好的面板材，必须晾干，再用锯末点燃的温火烘烤，等彻底干透后，根据尺寸进行研缝和粘接，注意手掌放平，拍几下，直至整个面紧密结合无缝隙。至于上下梁盖、压条沿板、拉杆海眼、舌头风口、气嘴等连接，要用榫卯，再用鱼胶、水胶、钉子等辅料，使不得半点虚假和偷懒。

三叔学会了做风箱，家里的日子很快好起来。时不时地，根据风箱的原理，给弟弟和堂弟每人做了一把土造的水枪。水枪就地取材，枪筒是用一节蓖麻秆做的，在蓖麻秆一端钻个小眼儿，做喷水口。另一端横断面直接切开，做活塞口。然后拿一根扫帚棍，头上绑上纱布做活塞。这样，一个土造的喷水枪就做好了。哥俩一人一个，跟其他小伙伴儿们互相喷水嬉戏，弄得满身水，却乐趣无穷。

当然了，风箱和人一样，使唤久了会出毛病的。小时候家里穷，平日里几乎不吃肉，邻居家的狗娃娶媳妇时，他家里杀了老母鸡，我婆把拔下来的鸡毛攒起来，短的装到布袋里，长一些的用麻绳串起来，收拾妥当。我看见了，觉得纳闷，就问婆，脏兮兮的鸡毛，你收拾它有啥用呢？我婆笑了说，有用啊，给你三叔修风箱用。待亲眼看到三叔修风箱，已是冬闲时，他把风箱拿到院子靠南墙的向阳处，轻轻打开。上盖是一块长方形的木板，一抽就出来了，里面有一块挡风板，四周都是撂上去的鸡毛，由于不停抽拉，鸡毛被磨得成光溜的毛杆了。三叔说，得把旧鸡毛拆下来，把新的撂到挡板四周，这样风匣的密封性就好了，拉起来，风力大，轻快又省力。

有一天，村里来了一个外乡人，不知情，背着工具箱满村子里叫喊：打风匣哩！谁家打风匣，有修风匣的没？

哪知喊了半天，整个村子里没有一个人理会他。后碰到我三叔，三叔给露了一手，那手艺人红着脸赶紧走掉了。

如今，在乡下，家家户户的厨房里虽然都有风箱，但用的时候并不多。风箱放在那里只是摆设，这是实话。年轻人都进城打工买房了，平日里，家里多是老人和孩子，就那么几口人，电饭锅、电磁炉、沼气池灶具大大小小摆满了厨房，用起来干净又方便。再说了，很多土地被荒芜，能烧的柴火很有限。

除过年过节亲人回来,或者家里来亲戚了,才用一下风箱做饭。曾经萦绕在房前屋后的风箱声和袅袅炊烟,正在慢慢消失,留给我的,也许只是梦中残存的、断落经年的回忆了。

帕上婉韵

张静

我喜欢空闲时去逛逛工艺品和饰品店。心情大好时也会相中一条手链、一只发卡,或者一串项链,乐滋滋地淘回家暗自欢喜,一点女人的嗜好而已。

生活了二十年的小城有一条长街,间或几步就有一些个琳琅满目的饰品店,让人眼花缭乱。

那日外出办事路过步行街,无意间看见原来一家卖水钻饰品的店换了主人,门牌上是用简约的素描勾勒出的极富创意的

"帕上婉韵",新奇之下走了进去。

店面不大,木质的方格子里面摆满了各式各样五颜六色的帕巾。质地也各不相同,有丝质的、棉布的、绸缎的、粗麻的、细纺的……加上四周几盏青花瓷灯罩的陪衬,整个店面渗出淡淡的雅意。

正在惊喜之时,店主过来了,是位小丫头片儿,大概二十出头,聪慧可人。她用泉水般清脆的声音介绍着帕巾装饰墙壁时的雅致和清韵。说话的同时,一双巧手像变魔术般将一条条丝巾,用玻璃柜台里的各色小饰品恰到好处地搭在一起。转眼间,一幅幅白水黑山、蓝天白云、玲珑佳人、活泼卡通、花鸟虫草,便栩栩如生地跳跃到眼前。

忍不住看了又看,一种难以言说的小欢喜让我好长时间停留在这不大的一隅,久久不肯离去。

且不说那唐诗宋词里的窈窕淑女香帕随身,要么就着月色吟诗作词,要么倚在窗下拨动琴弦,入心动情处,总会掏出香帕或抿嘴一笑或唏嘘怅然,给世间平添了多少万种风情的故事。至于周邦彦的《解花语》,更把帕巾的风韵演绎得活脱脱的:月夜良辰,少年男女偶然邂逅,女子含羞掩帕,少年尾随香车,女子轻轻抛下罗帕,一段情爱至此而生。

不过，我终是俗人一个，与帕巾有关的，莫过于小学课本上头戴蓝花帕巾的阿诗玛，她背着竹篓站在碧绿如毡的草坪上，包着撒尼姑娘特有的帕巾，美丽的大眼睛随着蓝天下游走的白云向不远处翘望，似在期待，似在憧憬，少女的情思尽在眉目之间。

记得前段时间，同事出差，走进广西山寨带了几盒帕巾回来，是山寨深处的壮家女土染土织的。包装精美的礼盒里，一只只帕巾或绣花，或染彩，然后在四周边缘锁上流苏，雅致之极。细细闻，似乎还有山野草香和泥土味。同事说她很幸运，赶上了壮族的对歌节，亲眼看见了相互爱慕的壮族男女通过抛绣球和扔香帕来缔结同心，定下白头。

哦，原来这不起眼的帕巾，竟然在时光里细细铺开这般婉约的浪漫之情，真是意外！

当我用手轻轻抚摸这些精美的帕巾装饰品时，我的眼前忽而涌现出儿时的一幕幕。与我而言，那小小的手帕何尝不是儿时一方快乐的天空、一片折叠的童心呢？

小时候，父母兄弟姐妹七八个，大人们从早到晚都在田地里奔忙着，缠着三寸金莲的外婆手上抱着、背上背着，从睁开眼睛就没闲着。男孩子通常滚铁环、耍木猴，玩得不亦乐乎。女孩子玩跳绳、抓石子之外，能玩的也就手帕了。奇怪的是，那手帕，除了抹嘴，擦脸上的污垢，更多的是用它来消磨那长得单调的青天白日。我不知道自己叠过多少小猫小狗、小虫小鸭，只清晰记得，我的手帕旧的去了，新的来了，它们与我，相依相伴。

等到上了中学，那一尺见方的帕巾就成为乡村女孩的心爱之物。读书住校的伙伴，一方素帕将刚洗过的湿发轻轻一挽，校园里随处可见的帕角尖儿随风跳跃，飞扬起千军万马过独木桥的岁月里一道素净淡雅的风景。

一晃经年，这些柔软的帕巾早已退到时光深处。如今，满世界是纸巾的天下，很香的那种，人们用帕巾的时候很少。当我再次看到这方寸手帕时，依然感觉温存有加。或许，人们用它的婉约之风装点自己的生活，大概也算是一种恋旧吧。

远去的年画

张静

进入腊月，年味渐浓，想起它的一些标志，鞭炮、对联、窗花、新衣裳，还有那些已经褪远了的年画，一张张如雪片一样，飘落在眼前。

读小学时，过了腊八，逢礼拜天，匆匆吃一口饭，踩着嘎吱嘎吱的雪，和伙伴们聚集到镇子里，逛年集，看年画。

年画一般都在书店和文具店外面，在一张帆布篷架子四周，排了细绳，绳上别着一幅幅年画，一字排开。每张年画上标着号码、价格。我矮小的身影，挤在和我一样仰脸看画的人群中间。画的价格是一角两角，还有五角一块的，最贵的要三块，已经是很贵的了。

年画有山水、草木、人物、古代故事、四大名著、民间传说等种类。我喜欢梅兰竹菊、岁寒三友；母亲喜欢杨柳青的那个胖小子，大耳有轮，眉清目秀，怀里鲤鱼丰腴喜人；弟弟则喜欢披绿袍、鬓须飘然、手握偃月刀的关公，千里走单骑；父亲自然喜欢《红灯记》里李铁梅高举红灯，唱道：我家的表叔数不清，没有大事不登门；而爷和婆，似乎更偏重财神宽大突出的额头、门神秦琼、尉迟敬德的威武，还有武松打虎的英雄气概。

那些年月里，无论日子怎样，每家都要买几张年画，就像买来喜庆和幸福。其实，老屋的东墙都是满的。土炕上的东墙放满了被垛，地下的东墙又摆放了木柜，木柜正上方一般还要悬挂一面镜子。一般年画都贴在靠西面或北面的土墙上，若太阳透过窗户缝隙，正好可以照见，令老屋蓬荜生辉。买年画时，心里要略知自家房子的高低，墙面的大致面积。买大了，有点喧宾夺主；买小了，又显小家子气。更难的是选择什么样的年画,是选热闹的,还是清雅的,随人心而定,但亮堂喜庆绝对是大主题。

腊月小年,是要扫尘土的。母亲把笤帚接上一根长长的木棍,头上系上毛巾,屋子和院落以及旮旯犄角都要彻底清扫,桌子板凳、盆盆罐罐都要擦拭一新。然后就是用四叔从学校拿回来的旧报纸糊墙、贴年画了。贴年画一般是父亲的事,母亲在远处指挥,往左往右,角低角高,年画要贴得周周正正,大大方方,就像一年的日子。年画贴毕,已是夕阳衔山,鸟儿归林,炊烟浩荡。一家老小环顾一周,顿觉老屋焕然一新,明亮润贴,喜庆无比,心也开了一扇窗。

在我家里,贴的最多的是"红灯记""西游记""西厢记""岳飞传"等一些成幅的年画。贴好年画后,爷总要坐在炕上,眯起眼睛看一阵子,就像看见那些陈旧的故事,家国的坎坷,以及日子的美好,他的唇角泛起淡淡的微笑。

村里的六爷是公社书记,比我父亲只大几岁,自幼家底厚实,多读了几年书,算是村子里识文断字的文化人。打我记事起,他家墙上每年贴的年画,无论是大小、颜色,还是境界上,都比普通人家更气派，尤其是大屋子里黝黑锃亮的木质柜子上方，一张大幅尺寸的"松鹤延年"，淡雅古朴，意蕴悠长。两侧有苍劲的对联：云鹤千年寿，苍松万古青。六爷很满意地对着栩栩如生的松鹤出神，好像看到自己从此青云直上。

年三十，早起要贴对联、"福"字的。破旧漆黑的门扇上贴秦琼、尉迟敬德和"出入平安"，猪圈上是"肥猪满圈"，鸡窝上是"金鸡满架"，粮仓垛上是"五谷丰登"，石磨上贴"福"字等。最不能少的是，家家户户门楣下都要挂上大红灯笼。暮色四合时，那些灯笼在寒风里飘摇着，点燃农家人火一样的热情和希望。若站在高处远望整个村庄，就会看见，云朵是天空的年画，村庄是尘世的年画，温和而安静。

如今，年画走远了，只留下影影绰绰的记忆，就像我们初来尘世的一些美好，再也找不到，不由心中泛起几许怅然。

老屋，褪不去的时光

张静

老庄子被拆得一点不剩时，是好多年前的春天。那个时候，我在异乡求学，父亲来信说，最寡欢的是爷爷。他的脸上写满了深深的疼惜。后来，父亲又说，新庄子盖好了，老庄子里大多数人都上了塬，住进敞亮的新瓦房了，可爷爷还是一趟趟地往老庄子跑。我终于知道，那些说不清楚的留恋和疼惜，已烙在他的骨骼里。

说起老庄子的整体搬迁，是很令人心酸的。那是因为新庄子是爷居住的老庄子里的邻居大爷、大婆两条人命和水鱼叔的两条腿换来的。

那一年，谷雨刚过，一场接一场的雨落得地里的庄稼和庄子里的人几乎都发了霉。一个大雨滂沱的夜里，大爷家的窑洞坍塌了，大爷老两口和他们的小儿水鱼叔被埋在里面。整整两天两夜后，全村人手忙脚乱地把他们从土里刨出来时，大爷和大婆的五脏六腑都被压出来了，水鱼叔虽然存活下来，但两条腿被压断，只能坐轮椅了。听大人们说，等日子好些了，可以给水鱼叔安个假肢，行动能好一些。

水鱼叔三十出头，他是半夜里听到大婆和大爷的呻吟声披上衣服冲进去的，家里没有了壮丁劳力，年纪轻轻的水鱼婶子脸上总是写着一份忧伤和愁苦。在乡下，家家都有一本难念的经，她的命，她得认。

因了大爷和大婆的死，很快，县里、镇上的领导干部一茬一茬来探望和善后，几日后，老庄子搬迁的事情提到议事日程上来。经过全村人集体讨论，新庄子选在塬上一处平坦敞亮的地儿。麦收过后，家家户户陆续开始拆房子。老庄子里，不是瓦块和砖头块跌落的声音，就是"轰"的一下，房梁倒塌的声音。

待我亲眼看到这些时，已是秋播时分，漫天的黄叶簌簌而落。老庄子里，房子拆掉了，参差不齐的残垣断壁在微凉的风中，硬邦邦戳在那里，乡亲们从西头开始，正一户户合力将它们推倒。风儿吹过，尘埃四起。不知怎的，我的心像被挖掉一块什么似的，空落落的。可不是？再过一阵子，我若来这里，哪里还能寻到老庄子的影子。很快，这里将会夷为平地，会被乡亲们种上麦子，会碧浪翻滚。这种感觉愈来愈清晰。于是，我急促地，慌张地，像从家园里不小心走丢了的一条狗，东闻闻，西嗅嗅，费心费力找寻那些熟悉的记忆，熟悉的味道。

老庄子没有了，低矮陈旧的老屋自然也不存在了。就像一棵老树，在没有预料的某一天，突然被连根拔起，剩下空荡荡的树坑，等着我用回忆去慢慢填平。可老屋曾经有过的温暖与酸楚怎能掩埋呢？恍惚间，我又看见了老屋，斑驳的阳光照在褪了色的木窗格子上，洒下的清辉像梵高随意就勾勒出的油画。西墙上，一抹夕阳正缓缓落下，我趴在院子的石凳上，完成父辈凄苦一生的希望。石凳那么冰凉，书本那么沉厚，内容繁复而晦涩。

春天来了，母亲曾在老院子靠南墙的枣树下叠一家老小穿过的旧棉衣。那些旧衣服，有皂角刷过的痕迹，散发着被时光淘洗的味道。母亲低着眉，很仔细地用手抚平、折叠，就像折叠一沓又一沓的往事。她一件件轻轻地安放，怕惊扰什么似的。春天的风柔柔的，连洒进院子的阳光也是细碎而煦暖的。那阳光从枣树的枝头落下，落满了母亲半个身子。两只燕子站在枣树之间拴好的麻绳上，一群麻雀也来凑热闹，大大小小挤满稍微粗壮的枝干，叽叽喳喳欢唱不休。一个女孩蹲在院子里，双手托腮，不知道想着什么——那个女孩是我。

那时，弟弟和堂弟还小，像院子里跑着的猫儿、狗儿。他俩拿着开满梧桐花的枝条不停地疯闹着。墙脚下，一盆高大的梧桐树，花开了又谢。后来很多年，这株梧桐常常开在我的梦里，紫色花朵，清淡宜人。

很快，冬天又到了。院子里纷扬的枣花、柿子花、梧桐花，彻底隐去，却多了腌菜的味道。屋檐下几个酱色的大缸，还有几个敦实的坛子，开始一个个派上用场。首先，婆会挑日头晒得暖烘烘的时候，将缸子和坛子里里外外擦拭干净，晒干。然后，在霜降之前，给里面装满一家人吃的咸菜、炝菜。咸菜主要以红萝卜和白萝卜为主，炝菜则是雪里红、白菜或其他可以吃的绿色叶子,这些不起眼的乡村植物被洒上花椒、大料、盐、五香粉等,压在坛子里,可以让全家人度过清寒而贫瘠的漫长的冬天。直到现在,这陈旧古朴的物件,母亲一直保留着。每一年的冬天,她会和祖祖辈辈的农家人一样,尽心尽意地腌制一缸一坛的咸菜和烩菜,也腌制一坛坛叫作回忆的植物。夜深人静,她不停地反刍,令我心疼。

黄昏,风儿把门打开,父亲的影子被卷了进来。他去了河湾的坡地,那片地,得乘冬闲平整好,待第二年秋风后,洒上几垄菜籽或麦子。他肩膀上扛着一把铁锨、一把锄头,待卸了后,肩上落满尘土。满脸汗珠子的父亲,什么也不说,沉默寡然,只是在土墙影里不停地擦拭和磨砺铁锨和锄头,动作老练。那一截土墙,深深地钻进地缝,越来越矮。

离开老庄子,我经常做梦。比如梦里隐约响过一阵车铃声,自行车的铃声,二八的,永久牌的,活像一个传家宝。父亲骑过,我和弟弟妹妹也骑过,够不着横梁,一只脚踩脚踏、一只脚从梁下斜塞进去也要骑。再远的路,都在两个锈迹斑斑的轮子上,一圈一圈抵达。梦里,还有那个白色的瓷脸盆,早在岁月里磕磕碰碰,那些疼惜和温暖是一块块漆的逃离。只是,盆底那个红色的斑驳喜字，却依然微笑着，伴着父亲和母亲越来越多的白发，与越来越重的负担和爱。

其实，梦得最多的是老院子。老院子又窄又长，雨季多的夏秋，无人打扰的墙脚处长满了细碎的苒苒草。有时候，还会长麦芽，很细嫩，淡绿。我每次清扫院子靠近时，总舍不得铲除，仿若从那些小草上能瞅见一碗米一碗水长大的自己一般。院子中央，一行弯弯曲曲的、匀称间隔的青砖缝隙里，也会长出深绿的青苔，勾勒出一块块砖的形状。阳光，月光，洒在上面；一场风，一场雨，一场雪，也落在上面。

当然了，还会梦见老屋的柴房。柴房在院子南面向阳通风的一个角落里，由几根不太粗的木头、牛毛毡和碎瓦片搭建而成，一点都不起眼，有一种苍老的、布满尘埃的气息。那四面透风的墙上，除了挂满农具之外，还挂着生了锈的铁环，轱辘轱辘地滚过我稚嫩的童年。这些家什是爷爷和父亲的宝贝，它们一件件从老屋搬到新庄子来了。新庄子的后院里也有一个柴棚，有新式的铁锹、锄头、簸箕、扫把、药罐子等。记得儿子会走路后有一次随我回新庄子，觉得稀罕和好奇，趁大人们不注意钻进去，这儿摸摸，那儿看看，竟然意外发现一个木制的陀螺安静地睡在几块砖头下面。很显然，那是我和弟弟曾经玩过的，可如今我早已成为一只尘世的陀螺，被欲望不停抽打着，团团转，怎么也停歇不下来。

柴房里，最醒目的是一把镰刀。父亲说，那镰刃还是爷爷活着的时候找东坡村有名的铁匠给打的，钢口结实又锋利。爷爷是割麦的好手，父亲也是。

我最喜欢看父亲在麦地里挥舞镰刀的姿势，也很想再一次躺在父亲捆好的麦捆上，仰望那晕黄的夕阳。若再给父亲一个世界，一个长满麦子的世界，他一定还是那个割麦的好手。想归想，如今，父亲已老去，在新庄子里，麦子成熟的时候，割麦机雄赳赳气昂昂地开进地头，父亲的镰刀也被高高挂在后院的墙头上，落了一层厚厚的尘土。有时，我会看见父亲走到后院里，抬起头，望着那些生了锈的犁铧、锄头、洋镐等旧式农具出神。或许，他老人家，正在回味曾经住老屋的时候，和乡亲们一起敞开胸膛，挥汗开镰的场面。

折子戏

张静

我的老家在关中道,父辈们对于秦腔里的折子戏情有独钟。我很小的时候,看戏,要到大队。大队院子的西北角有一方戏台子,方方正正,青砖灰瓦,飞檐雕壁,和村子里的陈年老屋相比,很有气势。戏台两边,立一木质柱子,如老大碗口一般粗。老一辈说是杉木的,即便上了一层红漆,但漆皮仍在一块一块地剥落,似风烛残年的老人。平日里,戏台杵在那里,安安静静,无人问津,风吹过,雨淋过,一层一层的灰尘和蜘蛛网密密麻麻缠绕在戏台四周，说不出的孤独和寂寞。但每逢村里庙会或者旧历年的正月十五，道长、村主任，和村里有威望的老人聚在一起一撮合，村里立马就有戏唱了。

村主任媳妇我叫她二娘，不出两日，她准会带着手脚勤快的三婶、五婶就将戏台内外清扫得干干净净。待开戏当日，一大早，周边四五个生产队的男男女女、老老幼幼蜂拥而至，被冷落了好久的戏台顿时变成另一种模样：眼见那暗红色的大幕布来来回回不停歇地一拉一合，台上灯光熠熠生辉，台下人头攒动。平日里，从早到晚背着日头在地里忙做的庄稼汉们眼见台上的角儿，披红挂绿、粉面桃腮、水袖轻扬、千种风情、万般柔媚，个个按捺不住内心的激动和兴奋，扯着嗓门喊叫、鼓掌，整个戏台上下简直要沸腾了。

所幸的是，我家就在大队隔壁，出了家门到戏台，用脚丈量只要百十来步。跟同龄伙伴相比，我占了近水楼台先得月的优势。但凡村子里唱戏的时候，年少的我急急跑到灶房，蹲在灶台边三两下扒拉完一碗饭，两只胳膊挽着几只马扎凳子，屁颠屁颠地来到台前，就是为了占几个最能看清角儿容颜和身姿的好地盘，等爷爷奶奶大妈婶娘们来了，赏我几毛钱，买几袋糖果和麻豆之类的小吃。至于戏台之上那些演员嘴里冒出的调子长长短短、咿咿呀呀、懵懵懂懂，啥也听不懂，倒是台上敲锣打鼓、台下人仰马翻的热闹场面很是诱人。

慢慢大一点了，也会跟着大人，提着板凳，赶到几里甚至十几里以外的庙上或村庄看戏。到了夜晚，常常趴在爷爷奶奶的怀里睡个昏天黑地的，中间醒来，眯着眼瞅上一阵子。我很喜欢角儿身上那一件件绣着大朵牡丹和七彩珍禽的绫罗绸缎衣衫，闪烁出灼人的光芒，刺得我瞌睡全无。一次，坐在我前面的翠红姑姑和她的知青恋人高山叔叔大抵是被台上青年男女两双顾盼流转的眼睛里传递出的款款深情撩拨得怦然心动了，两只大手悄悄攥在一起。他俩亲昵的动作被我清晰地看见了，羞得我赶紧转过头去，连大气也不敢出。

等到十二三岁时，渐渐知道一些人间事了，也能大概听出一出折子戏的前因后果，紧锣密鼓不再觉得震耳了，生旦净末丑也能分辨一二。尤其是那角儿身披紫色罗衫，头顶凤冠霞帔，额前缀珠抖簪，满身绫罗绸缎，翩跹而来，竟然莫名地心生几分欢喜。当然了，男孩子喜欢台上的打斗场面，比如一阵锣鼓啸天中，几个扎靠背旗、头摆花翎的武生花面，耍着大刀，舞着双锤，威风凛凛，加上一群毛毛小兵连翻筋斗，好生热闹！

那时，我经常和伙伴们放学后下两架坡到偏远的沟底割草和玩耍，时不时地，总会在沟沟壑壑中看到这样的情形：村里的狗剩叔一边放羊，一边割草，那些羊，像洁白的云朵稀稀疏疏散落在蜿蜒的一道道梁上。日落西山，狗剩叔的背篓装满了青草，他才起身，手持鞭稍，往回赶羊。一阵阵脆响后，那烂熟的、伴了多少辈人的秦腔调子，像头顶掠过的西风，回荡在空空的沟壑之中。狗剩叔刚唱完，半坡的麦茬空地里，一直以娘娘腔自居的三爷扶着犁铧，很婉转地来了一句"秦香莲拦轿喊冤把驸马告"。那绵软幽怨的声音传到西边的玉米地里，正在锄草的二伯马上回应起来，他甩开膀子，挥着锄头，和一声"他杀妻灭嗣罪恶滔滔"。偶尔，也有不甘落后的大妈婶娘们，一段婉转动听的《王宝钏——赶坡》跟着唱得声情并茂，那感觉，简直要比灌二两"西凤"白干、吃几片长线辣子、抽几口大叶旱烟来得解乏、爽口、恣意和豪放。那一瞬，我终于懂得，在那贫瘠的年月里，乡亲们对折子戏的熟稔和喜欢除了发自内心之外，大抵也是苦中作乐，或者在繁重的体力劳动中自我释放和调节吧。我可爱的父辈们，他们把日子的艰辛沉重、情感的喜怒悲哀，吼给头顶的蓝天白云，吼给脚下的苍茫大地。至今，我的耳边似乎还回响着"后生卖水后花园""薛平贵拴马寒窑前""穆桂英祭桩大路边""周仁哭妻孤坟前"那一声声昂扬浑厚的唱段和叫板……这一出出折子戏，活脱脱地描摹了父辈们大喜大悲的人生，仿佛八百里关中道上万千大众的生活，只在那或粗犷或婉转的唱腔中彰显而出。

如今，置身喧嚣的闹市，很难再找到当年看戏听戏的感觉了。即便听到，也是暑期回老家，吃罢晚饭，和父母坐在院子的葡萄架下，说着陈芝麻烂谷子的陈年旧事，享着粗茶淡饭的俗世浓情，或者只陪着二老安静地坐着，看房前屋后那棵高大的梧桐树梢上，一轮圆月挂在天边，将整个村庄沉淀成淡淡的水墨。忽而的，隔着一条又一条村落，一声声秦腔、一段段折子戏或远或近，断断续续传进我的耳朵里来。不用说，肯定是村里谁家老人过世或者过世三年了请的戏班子。那些年，乡下人的日子不管过得好坏，丧事少不得都要唱戏的，戏大戏小，戏里戏外，都是对亲人最大的缅怀。曾经唱过秦腔的母亲，更是对折子戏如数家珍，这时候早已坐不住了，免不得要说教一番：大丫，听不出来吧？这一段是《三击掌》。说的是唐朝丞相王允在长安城内高搭彩楼，为三女儿宝钏招赘快婿。宝钏登楼选婿，将彩球抛赠薛平贵。王允愤怒，与宝钏断绝关系。被父剥去衣衫，赶出家门，父女击掌，誓不相见。后来，王宝钏十年寒窑等来的却是薛平贵的忘恩负义。那一段是《二堂舍子》，正唱着刘彦昌舍亲子保养子去衙门定罪的忠义之事，可是千古绝唱呢！

母亲说这番话的时候，她的唇齿间笑意沉沉，她的脸庞溢出一种安详和平和。有那么一瞬间，她的眼底有一丝丝的恍惚。我盯着母亲愣神了半天，心里在想，她老人家的眼前，一定浮现出了当年那一座座陈旧的戏台上，一只只锣鼓喧天震耳的敲打；一些花旦凄凄切切的诉说；一些胡生百转千回的演绎，那一声声缠绵悱恻催人泪下的唱腔，一定倾尽了母亲对秦腔难以割舍的半生之缘。那时，我的母亲在县剧团主唱胡生，《周仁回府》中的一段《悔路》唱得名扬四方。后来，剧团不景气，解散了，母亲也回到了乡里，这成了母亲此生难以言说的缺憾。过了几年，我唯一的妹妹天生丽质，嗓质又好，瞒着家里人和同学偷偷跑到县里考戏校，竟然考上了。当公社的大喇叭念出妹妹的名字时，母亲是很纠结的，她深知这碗饭的艰辛和磨难，思量半天，最后还是让妹妹去了。于是，我也有了很多机会看那些台后一张张单薄纯真的小脸，在一番擦脂涂粉后，刹那间，一个欲语还羞的东阁小姐呈现在我面前。等红幔布缓缓拉开时，一曲一曲的人生风雨，一段一段的深情对白，从这些稚气脸蛋上和嘴里表现出来，实在不是一件容易的事！

也有曲终人散的时候，随他们退到台后，看所有粉墨登场的角儿，洗去一脸的油彩，露出疲惫而苍白的面颊，三三两两坐在简陋的走廊上狼吞虎咽。饭盒里，也是一些我们平时吃的很粗糙的素面菜食。那一刻，我有些纳闷：原来，刚刚还在台上熠熠生辉风光无限的角儿，台下却过着和我们一样朴素简单的生活。他们如醉如痴地把自己埋没在别人的前尘旧事和爱恨情仇里，待谢了幕，卸了一身的云裳，不知会是怎样的感受，是惆怅还是落寞？我盯着他们看了许久，心绪难宁。那种感觉，像极了一个人站在熙熙攘攘的渡口，目睹了所有的千帆过尽，忽而，繁华和喧嚣褪远，一切都寂静下来，像做了一场梦，梦醒了，折子戏还得演下去。

依稀记得，《断桥》边，听白娘子一袭素白丧服口口声声念郎君肝肠寸断；《三娘教子》里，看两肩补丁的三娘打坐织布机前说教令郎声泪俱下；又闻《花亭相会》里，粉黛佳人张梅英寒夜临窗，磨墨伴夫君读书情深意厚；再看《柜中缘》，更为一介布衣女子徐翠莲箱底救忠良之后的深明大义而感动……

　　写到这里，我想告诉你，这些散落在我身边、散落在旧村落里的折子戏，只数声牙板、几缕琴音，硬是活生生地，让人听出眼泪来。于是，台下的人们跟着唱一段，再一段，转眼间，人生过了一年，又一年。

土砖墙

张冬娇

曾经的故乡，村里的房子都是清一色的两层砖瓦结构，除了基层用的是柴火烧制的青砖外，窗户以上就都是土砖。年深月久，风侵雨蚀，土砖墙已由黄变白，再由白变暗，墙上裂开许多缝，东一条，西一条，像老人布满皱纹的脸。

裂开的土砖墙缝干净暖和舒适，蝙蝠、麻雀、蜜蜂等喜欢把家寄居在此。每年春天，油菜花开了，田野里一片灿烂，南风携着油菜花香满村里窜来窜去，阳光明媚地照耀过来，照得土砖墙一脸春光，这时候，冬蛰的土蜂就从老砖墙里钻出来，来回于田野和村庄，不少蜜蜂围绕着土砖墙、窗棂或在坪里玩耍的孩子们，"嘤——""嗡——"地叫着，那声音梦幻似的，有一下没一下的，悠长得像奶奶手中的纺线，又像春天的摇篮曲，叫得人直犯困。调皮的孩子们就拿了小枝条去抠墙缝，把捉到的蜜蜂装在玻璃瓶子里，再放进一两朵油菜花，看蜜蜂在油菜花上爬来爬去。

有一年，奶奶家的后墙靠房梁处来了一窝土蜂，整天忙忙碌碌，奶奶并不管它，到了一定时间，趁着夜深人静，奶奶便用布包好裸露的手脚，蒙着头，爬上楼梯去割一次蜂蜜，分给孩子们吃。

土砖墙上的横梁，总有一两个去年的燕子窝。燕子每年都来得很准时，在檐前的树枝上叽叽啾啾几天后，就登堂入室，垒窝孵仔。比起燕子，麻雀就懒多了，直接把家安在高处的土砖墙缝里，一天到晚叽叽喳喳的，非常热闹。长长的夏日午后，大人们都安静地待在家里午休，孩子们就偷偷抬来长梯，小点的在下面撑稳，大点的蹿几下爬上去，对着鸟窝，用枝条扒出几个鸟蛋，圆溜溜、麻亮亮的，可爱极了。惹得两只麻雀飞来飞去叽喳大叫，好像在说，不得了，不得了，偷蛋啦。

记得初中时候读到鲁迅先生的文章《少年闰土》里捕鸟的片段：

我们沙地上，下了雪，我扫出一块空地来，用短棒支起一个大竹匾，撒下秕谷，看鸟雀来吃时，我远远地将缚在棒上的绳子只一拉，那鸟雀就罩在竹匾下了。什么都有：稻鸡、角鸡、鹁鸪、蓝背……

老师说写得很生动，便要我们模仿写一个有趣的生活场景。我也想到了捕鸟，就凭着想象写道：

"傍晚，鸟雀都入巢了，只有蝙蝠在檐前飞来飞去。我们就搬来楼梯，拿了渔网、枝条，悄悄爬上去，左手拿渔网轻轻罩住土砖墙缝，右手拿枝条往缝里鼓捣，鸟雀飞出来，就钻进渔网了。"

这个片段被语文老师作为范文在班上朗读，很让我得意了一阵。

但这毕竟是想象，蝙蝠、燕子和麻雀都是人们友好的邻居，会给村里带来福气的，大人们是不肯让我们动的。

那时候，几乎每家的土砖墙上都挂有晾衣服的竹竿，到了秋天，土砖墙下的内容就丰富了，檐下靠着墙垒起了一捆捆晒干的稻梗杂柴。墙上挂了萝卜、红辣椒和长长的丝瓜，等辣椒干了，就磨成辣椒灰；萝卜干了就做成冻萝卜；丝瓜皮剥落了，敲下种子后成了洗碗用的丝瓜卷。到了冬天，那墙上的内容更丰富了，腊肉、腊鱼、腊鸡都来了，就像一幅乡村富足图。冬阳暖暖的日子，大人们靠着土砖墙，一边晒太阳，一边聊着天，做着针线活，孩子们则围在旁边嬉戏打闹，总有刚生完蛋的鸡在墙上的柴垛里飞出来，发出"咯哒——咯哒——"之声，那悠长的余音萦绕了整个村庄。

吃中药的习俗

陈理华

　　人是靠吃五谷杂粮才能在这个世界上生存下来的。吃五谷的人总免不了有头疼脑热的时候，若是不幸得了病，就要吃药。民间在吃药时就有一些看似平常、其实很有意思的习俗。

　　生病看医生，从药店里抓来的中药，怎么煎熬是有一些讲究的。一般中药抓来后，第一服药不能病人自己动手去煎，一定要别人，或是家里的其他成员帮着煎。据说，这样的药吃下去就会好得快。

　　另外，煎好的中药，从锅里舀到碗里

时，上面一定要放上一把菜刀。为什么呢？

因为古人认为，从天地间长出来的中草药，特别是名贵中药，如人参、茯苓、黄精、枸杞等，它们都是有灵性的植物，把刀压在盛有药汤的碗上是为了防止它的药性跑了。

当然，防止药性跑了只是其一。更深一层的意思是驱邪，也就是用刀来保卫吃药人，愿他吉祥安康！

刀在古代是最好的武器，若有敌人来侵犯，我们往往用它来捍卫自己的生命。于是，这里的刀就有着斩病祛邪之意。也就是说，让病人喝下这刚熬好的第一碗压着刀的药汤，就能起到药到病除的作用！人们希望所有健康祝福的愿望通过这把压在药汤上的刀来实现。

也许现在很多人不知道，吃过中药后要把药渣倒在三岔路口上。为什么呢？这跟一个传说有关。传说药王孙思邈有一天去采药时经过一个村庄，看到一户人家随手倒在门口的药渣。

也许是职业习惯吧！看到药渣就像猎人看到猎物一样，他停下脚步，蹲了下去，仔细地看着地上的药渣。看着看着，他发现这服药里有一种药配错了。孙思邈明白药配得不当，病人服后不但不利于治疗病情，反而还会慢慢地加重病情。

于是，药王就到这户人家了解缘由，这才了解到是一位庸医给开的药方，使得这位病人久治不愈。刚才病人吃过药后，家人随手将剩下的中药渣倒在门外路边上，不想却遇到了孙思邈。后来，经他诊治并重新配药后，病人很快恢复了健康。此事就这样一传十、十传百地在中国大地上传开了。于是，民间纷纷效仿。人们都把喝完的药渣倒在路口最显眼的地方，期望能让懂药理的人看到。若是有幸遇到神医，能上门来给自己配药，那么病就会好得快。故而倒药渣的习惯，直到今天，还有人这样做呢！

当然，关于倒药渣这事，在民间还有一种截然不同的说法。那就是，为了让过路的人从药渣上面踩过去，借别人的福气来把疾病带走，这样自己的病就能很快地好起来。

甜酒酿里的民俗

陈理华

甜酒酿,在我们这里也称酒酿,是一种很好喝的酒,酒量不好的人特别喜欢喝。但在生活物资不是那么丰富的年代,酒酿主要是酿给生产后的妇人用的。

妇人十月怀胎,本来就耗费了不少体力,生产时又或多或少失去一部分血气。这样一来,一般产妇的身体都比较虚弱,需要补充养分。产妇每天除了吃些鸡和肉外,还要靠吃酒酿来补充营养。因为鸡和肉价格比较贵,一般人家是买不起那么多的,而甜酒酿是用自己种的糯米加白曲子做成的，比其他营养品要经济实惠得多。加上酒酿具有健身、暖胃、益气、生津、活血、止痛等功效，对于坐月子的妇女特别有帮助……

　　为了让妇人尽快恢复身体，也为了让妇人在未来有个好身体，能为孩子多提供些奶水，在妇人要生产的前些天，就要着手把酒酿酿下，家里在酿下酒酿的同时，也是酿下了一种对新生命的祝福与期待。妇人在生产两三天后，就可炖些酒酿、鸡蛋、红枣给她吃，进进补，催催奶。当一碗有着鸡蛋、红枣的酒酿由婆婆亲手端到媳妇床前时，婆婆笑眯眯地对着媳妇说："快起来趁热吃了！"言语之中藏着几多慈爱！媳妇就会轻轻地放下手中的孩子，从床上坐起来，双手接过那碗来自长辈的祝福，高高兴兴地吃了起来。如此，经过一碗碗酒酿，一天天的滋润，那媳妇的身体也就一天胜过一天，到了快坐满月子时，早已是红光满面、神采奕奕了。

　　一直以来，中国人追求的是一种甜蜜与美满的生活。而对于一个初生的婴儿来说，大人们希望他今后的生活是充满着甜美的。这种希望具体要用什么来表现呢？古人就善于使用甜酒酿。到了孩子满月这天，一家人喜气洋洋地为孩子做满月。

一直随母亲躲在房间里的小孩,穿着一身新衣裳,被母亲抱了出来,在大厅里,由母亲或是爷爷奶奶抱着坐在一张圆桌上。这时,红红的圆桌上早就放着一碗酒酿。用甜酒酿来给孩子点开一条甜甜蜜蜜的人生之路,是天下所有父母的心中所愿。

抱孩子的人,将一双筷子放到盛着酒酿的碗里,蘸点儿甜酒酿,然后放在孩子的嘴边,象征性地蘸一下那小嘴儿。

"哦!哦!真甜!真甜!"一旁的人都会笑嘻嘻地说着祝福的吉祥语。

老人们说,这样一来孩子一辈子都如这甜酒酿般甜甜蜜蜜,幸福美满!

民间瑰宝——高照灯

陈理华

闽北的建阳，古称潭城，是福建省最古老的五个县邑之一。

秦建立统一的中央集权封建国家时，建阳为吴越南地。东汉建安十年（205年），吴分上饶地、析建安县桐乡设建平县。西晋太康三年（282年），司马炎以建平县名与建平郡名相同，改建平县为建阳县。宋代更是以"图书之府"和"理学名邦"闻名于世。这样一个古老的地方，自然有着丰厚的文化底蕴。也正因为本邑文化底蕴丰厚，民间文化活动也丰富多彩。

在建阳众多的民间活动中，有一项特别出名，也特别有意义，那就是彭墩的高照灯。高照灯从"高照"两字就可看出，这是取吉星高照，护佑村民盛世太平之意。

彭墩的高照灯活动，定在每年正月二十五的夜晚，活动范围是以村口的倪王庙为起点和终点。倪王庙在距村庄约百余米的地方，里面供奉着倪氏兄弟。为什么是以倪王庙为起点和终点呢？它是为了纪念倪氏兄弟而兴起的一种活动吗？这从史料中可以查到。

道光《建阳县志》记载：倪彦松，唐昭宗时人，中郎将，后周封其为济荫王，南宋加封忠灵孚泽感应王。倪彦松与其弟倪彦春俱仗义。年丰谷贱，辄籴藏之；遇饥馑，悉出以济贫乏。兼精道术，能治旱疫。其卒也，乡人庙祀之。

竖"高照"的日子，盛况空前。这天傍晚，大家早早地吃过晚饭，全村人自发地聚集在倪王庙，把整座寺庙里里外外围了个水泄不通。天擦黑时，一切准备就绪的高照灯队浩浩荡荡地从倪王庙出发。这支队伍是这样排列组合的：前面生龙活虎的舞龙队，舞着一条巨龙所向披靡般在前面开路；紧接着是热热闹闹的古老打击乐队、民乐队以及十番的"春台"

队,春台由四人合抬,台上坐着由十岁左右孩童分别装扮成的刘备、关羽、张飞、赵云、薛仁贵、杨宗保等历史英雄人物;后面才是横抬着高照灯的队伍和花团锦簇的花钵舞队。

这支声势浩大的队伍在烟花、锣鼓、唢呐、鞭炮声中徐徐沿着村道行进。行进中,每遇宽敞地段或十字路口时,队伍就要停下,先由舞龙队表演。舞龙队表演完,随着一位老者的一声令下:"高照!起!"二十四个头戴竹制头盔、手握竹竿的青壮男子敏捷地把一座高达十三米的高照灯竖了起来,当它竖起来时,有四层楼房那么高。顿时,从下而上一盏又一盏的灯,如花般地开了、亮了,就连顶上的那些小灯笼也高兴得开始摇摇曳曳。这些高高挂起的灯盏如火树银花般,把黑幽幽的夜空、房屋、街道照亮,连人群中一张张激动兴奋的脸膛都照得通亮通亮。到了商家门口时,商家就会燃放一挂竖着的鞭炮来庆贺,舞龙队就会舞进这户商家,在店堂里转一圈出来之后,便开始竖起高照灯!

高照灯竖起后,花炮齐鸣,鼓乐喧天,彩灯高照,花钵竞彩。在沸腾了的欢呼声中,在万众瞩目中,随着青壮男子脚步的挪动,高照灯缓缓转变角度,这个动作在当地叫作"打照面"。如此,无论站在哪个角度,人们都可以看到高照灯的每一个侧面，看清每盏灯火。与此同时，花钵舞队里花枝招展的姑娘们双手各持一盏花钵灯，在灯下翩然起舞。载歌载舞中，姑娘们手里的花钵灯看得人们眼花缭乱，并不时地变幻出"五谷丰登""天下太平""吉祥如意"等吉祥祝词。这不时出现的祝福语与高高竖起的高照灯相映成趣，组成了一幅生动活泼的图画，空灵而神秘，在朴素、热闹的活动中，把乡村的一种朴实美好的愿望表现得淋漓尽致，也将节日装点得红红火火、灯火辉煌。

高照灯是一种巨型纸灯，主灯是由一根十米长的大杉木作为轴心，在这根木头上，四周分别挂上精心扎糊的十三组灯箱型的精美花灯。在灯扎糊好后，还要扎糊一个三米多长的"高照尾"，"高照尾"上悬挂着许多小彩灯。制作好的高照灯形体似塔。据道光《建阳县志》记载，这种灯起源于明代，臻繁于清朝。乾隆年间人云："纱灯唯苏州为最，纸灯甲于天下，则莫如建阳也。"足见建阳花灯历史之悠久、工艺之精巧、气势之磅礴。可以说高照灯是天底下独一无二的灯。

高照灯俗称"竖高照"。这种灯制作工艺复杂，且耗费巨大。据知晓当地历史的老人说，之前村子里有重大喜事或重要事件需要举行高照活动时，一般由有钱人出资和村民自愿捐款。然后买来制作材料，由专门扎糊高照灯的民间艺人制作。

村里老人说，记忆中仅在庆祝中国人民抗日战争胜利和新中国成立之时，表演过大型的民俗踩街活动，当时足足有三个高照灯，场景极为壮观。之后随着时间的流逝，高照灯也在流年中沉寂到近乎失传的地步。直到20世纪80年代末，彭墩村的民间制灯老艺人吴贵堂、章希涛带领六位农友，决心要传承彭墩民间文化活动的瑰宝——高照灯。在村干部和热心人士的大力支持下，他们凭着记忆花了两个多月时间，硬是制作出了一座高达十三米、重约两百公斤、挂有三十六盏灯饰的大高照灯，使得这项古老的民间艺术得以重见天日。从那以后，盛大的高照活动每年都会如期地在村子里热火朝天地进行……

"彭墩高照"还应邀赴南平市和武夷山市参加民俗文化演出，受到当地人民群众的热烈欢迎。

气派、精巧、磅礴、令人叫绝的高照灯，有着"吉星高照"，保佑民众五谷丰登、吉祥如意、生活安康、幸福美满的博爱寓意。

又到粽子飘香时

陈理华

端午节，这个有着许多美丽传说的节日，总是遵循着一个古老的约定，带着雄黄酒，带着箬叶，带着艾香，带着粽子的玲珑，带着许多的期望和思念，在气候宜人的初夏悄然无声地到来。

记忆中，临近端午，采箬叶的任务是让一群早就为节日而蓄势待发的小孩来完成的。每到这时，村里的小孩就会不约而同地在某天清晨，悄无声息地打开一扇扇厚厚的木板大门。为了不惊醒还在沉睡的村庄和劳累了一天的大人们，我们总是轻手轻脚地走出村子，向着有箬叶的山谷而去。

晨曦中，当我们把一片片沾着晶莹露珠的箬叶采满一竹篓后，带着一种满足与喜悦，也带着对节日的向往，站在高高的山顶上，遥望着匍匐在山脚下的那个世世代代居住的小村子。这时，大自然将金色朝阳洒满层层青山，再在青青的屋顶上描上几缕袅袅上升的紫色炊烟，就成了一幅美不胜收的画卷；又仿佛神话传说中娴静美丽、颔首微笑的白娘子，正款款地从山的那头走来；偶尔传来的鸡鸣狗叫声，又像是一首飘逸的小诗，引得我们高唱着乡间流传的童谣，快步行走在回家的路上。

青青箬叶采回来后，母亲就会把家中圆圆的大木盆摆在大门口青石路边上，倒上一桶清清的山泉后，开始仔细地清洗叶子了。洗净的叶子，被熟练地剪去叶蒂和碍手碍脚的尖尖叶尾。这时我总是在一旁打着下手，看着一片片箬叶如一条条碧绿色的鱼儿，欢快地在母亲粗糙的手边游来游去，仔细看来又有些像游手好闲的孩子那般顽皮。那可是节日前乡村的一道绝美风景呀，是专属于乡村风情的水墨画。

再看看，各家大门上不知何时已挂上了能辟邪去病的艾草和象征着长剑的菖蒲，心里不禁充满快乐和幸福。过节的日子真好。

中午准备好好休息一下,刚走到房间就闻到从后窗飘来的一缕缕沁人肺腑的粽香,哦,又到粽子飘香的时节了,那可是我最熟悉不过的箬叶和着糯米的香味呀!这种裹挟着中华古文化浓郁气息的清香弥漫开来,竟是那样的诱人,我的思绪不由随着这香味飘回了家里,回到了对端午节的记忆中去了……

坐在这儿,想象着母亲是不是也在今天天还没亮就起床,搬来石磨的上层,放在大厅的四方桌上,压住粽篱排,而后用头天就准备好的青青箬叶,很灵巧地折成一个尖尖的角,放上白白的米和红红的豆沙馅或别的什么好吃的馅,包好捆紧。渐渐地那粽篱排上吊着越来越多玲珑精致的粽子,别说吃粽子,单单看着这些碧绿碧绿的粽子就是一种心灵享受。

小时候看到母亲包粽子,我也有些手痒痒,可是不管我怎样用心去学,却总是学不会,包起来的粽子,不是没棱没角,难看死了,就是一到锅里就马上宽衣解带,给你来个沸水里洗澡的游戏!气得我再也不想去包粽子了!

我在城里也看到一些小贩卖的粽子,大概是为了省事吧,用的是那种白色或红色的塑料带捆扎而成的，且不说这种带子会不会给人体带来危害，光是看着就让人觉得不是滋味，看到那些用塑料带绑着的粽子，就像是看到我国古代四大美女穿上比基尼般不伦不类。在我心里粽子就是粽子，就应该是用棕篱排或用细竹丝捆绑着的，奢侈点的用红头绳，这样才会给人一种古色古香的美感，让人还未吃就先醉了。

记得母亲包粽子时最后就会包一些尖尖的美人脚，也有人叫它小脚粽。这粽子很好玩，三只角，可以立在桌子上，煮熟后可以挂在衣服扣子上或是拿在手中把玩。但玩不到一两天我们就受不了这些小巧粽子的诱惑，那些白白嫩嫩的"三寸金莲"就会通通滑到我们的小肚子里去施展武功了，于是心里就急切地盼望着下一个端午节……我想现在我的小侄儿看到奶奶包粽子时也一定会高兴得在奶奶的周围跑来跑去的吧！极疼孙子的奶奶也一定会包几个常人包不来的美人脚让宝宝玩的……

日历刚撕去农历四月的最后一页，城区或乡镇就隐约能闻到一缕缕沁人肺腑的粽香了，这也在提醒着忙碌的人们，时光如水，一年一度的端午节又到了。

乡里人视端午节为大节，此时恰逢农事暂告一段落，正是夏收夏种大忙前的短暂休闲。建阳乡间的粽子由箬叶包裹，棕树叶捆绑，形状为四角形，看起来小巧玲珑。煮粽子的碱是洋香树烧下的灰做成的。因碱味重，粽子煮熟之后，色泽金黄，气味芳香。粽子一般有豇豆粽、肉粽、豆沙粽等。每家包粽子时，都会包一个"喜粽"（粽中还有一个小粽子），吃到喜粽者，预兆今年将会大吉大利。

"未吃端午粽，寒衣不可送。"端午期间，时近夏至，正是寒气暑气交互转换之时，从饮食到穿衣、行动都得格外注意。古时还流传饮雄黄酒，即在节前把菖蒲切碎，伴上雄黄，浸入酒中，待过节时饮其酒，便可驱邪健体。旧时，建阳城坊邑人用菖蒲、艾叶、榴花、蒜头等物制成小人形，俗称端午哥。较简单的做法就是用厚纸剪个小纸人，悬挂于大门之外；或是简单地将些许艾叶、菖蒲等扎成一束，形同宝剑，悬挂于门。端午得闲，打扫门庭，并点燃艾叶熏烧室内各角落，以避毒虫。

中国古代崇拜五色，以五色为吉祥色。妇女用五彩丝线制成圆形小网，内装一个大蒜头，邑人称之为长命缕。讲究些的则是取雄黄香药，外包以丝。小孩子将长命缕悬挂于胸前，顿时清香四溢。有些手巧的妇女，还会把香囊制作成各种不同的形状，结成一串，形形色色，玲珑夺目。这些乡里风俗，都表达一个善良的愿望，即辟邪驱瘟保安康。

端午这天，餐桌上的美食也是除春节之外最为丰盛的。

家祭

陈理华

农历七月十五，道教称为中元节，佛教称为盂兰节，民间称鬼节或七月半。在一些乡村里，鬼节的隆重程度不亚于春节。

闽北农家里，大门进去后是下廊，两边各一间房，中间是天井，上一两级台阶，便能看到两排各三五间房，中间一大厅，大厅间有照壁，家祭就在这里进行。大厅照壁放的是佛桌，正中是神龛，里面供奉着祖宗牌位，左右对称地安放着蜡台，中间是一个古色古香的香炉。大厅的后面叫后阁，也有人叫后堂，是厨房所在地。气派人家还有两进两厅或三进三厅。

每年的七月十五,家家户户都要在大厅里举行隆重肃穆的家祭仪式,一丝儿也马虎不得。传说农历七月的上半个月地府的大门会打开,有主的先灵就会溯源归家。在乡村,从前请祖宗都是从初一开始,而现在,一般人家都是从初十那天才请出祖宗牌位。讲究的人还会拿上香、纸到村口去把祖先接回家。

祭祀的仪式是这样的,先在供桌上点亮油灯或蜡烛,然后上香。香点燃,举到大门口,对天拜三拜,接着在大门两边各插上一支香,转身到供桌上拜三拜,插上一支香,最后一炷香是点给灶神的。再折转回到供桌前烧黄纸、白纸。

七月半那天,供桌上的糕点、水果、菜肴之丰盛,总让人念念不忘。糕点里有自己家里用糯米做的龟子粿,其形似一只乌龟,鸡蛋般大小,每个龟子粿都趴在一片四方形的箬叶或芭蕉叶上,用的菜馅或豆沙馅,看主人的口味来选择;有用黑黑的生铁鏊子蒸出的一笼年糕或九层糕,切一块四方形或长方形,正中贴一块红纸,用盘装着放在供桌上;有一锅早米粿,做成后,搓成三条粿猪,装一盘,再搓一盘粿丸子,如鹌鹑蛋大小，也放在供桌上；面食还有包子、水饺、线面、煎饼……

水果有苹果、葡萄、梨、石榴、莲蓬、西瓜。本地人说西瓜是阴间的膀蹄，是不可少的。西瓜要在十四这天上桌，不像其他水果一开始祭祖时就放在供桌上去了。到了十四下午还要拿刀从瓜顶切下一小片，以见到红瓤为好，好让祖先品尝。切下的一小片青瓜皮，不能丢，烧纸时还要派上用场。因为烧纸都是在户外进行，这一片青瓜皮是用来插香烛的。

祭祀这些天里，每餐要先端上两杯尖尖的米饭。蔬菜中，空心菜和茄子也必不可少。荤菜数量不限，有多大能力就办多少菜来，但有一点，鱼一定不能上供桌，否则生下的子孙会变得呆傻。若是家里极想生女孩，也可破例上干目鱼……

在祖宗吃饭前后，都要烧一些黄纸、白纸，当然也要记得在供桌上摆上茶和酒。祭祀的菜不能馊掉，若是让祖宗吃潲菜，将来生下的子女就会很"酸"，也就是那种一说话就翻脸的主儿。

一般而言，初一到十三这几天里，供桌上要有两碗素菜，荤菜一两个就够了。十四这天是关键，一定要办得丰盛，各家依自身财力而办。到了这天，主妇们可忙了，一大早就要把一碗一碗菜煮好，再一碗碗恭恭敬敬地摆放在正对着神龛的大桌子上，佛桌上四方都放着盅儿和筷子。厨房里腾腾地冒着菜肴的香气，神案上忽明忽暗的烛火，还有幽幽地亮着火头的香，一切都那么神秘，神秘得有点让人在说话和走路时都轻轻的，有种让人窒息的恐惧感。

吃饭时，要有人到桌上敬酒，请祖先吃菜。到了十四下午，在祖宗们酒过三巡、菜过五味后，要把写有各位祖宗姓名的金银票放在供桌上，用筷子压着，先让祖宗看。夕阳西下，家家户户开始烧纸钱给祖宗。一捆捆的纸用箩筐装着，先放大厅里，点上香，告诉祖宗一声："各位祖先，去领钱了。"然后在家门口不远的空地上，把纸一堆堆分好，每堆纸上放一张写有名字的金银票，有钱的子孙还要买上一些金银财宝之类的东西放在上面一起烧。烧纸给祖宗时，子孙一定要在场，有的人怕钱被恶鬼抢了，还要拿上刀棍之类的武器，等到纸完全烧完，才把灰扫了倒进小溪流里。

第二天，也就是真正的七月十五，早早地做了饭，让祖宗吃饱后，再在大门口或大厅里烧一些纸钱，送祖先出门。对祖宗说，带上这些钱，去龙王会上游玩吧！想吃什么，想要什么就买，别省着。如此，祭祀仪式才算结束。据说七月十五这天是阴间的龙王会，得了钱财的鬼神都会去那里赶集，十分热闹。

过了七月十五，第二天起来发现，村子边上的芭蕉叶全都被撕破了。传说这是无主之鬼觉得没脸见人，撕去遮面或躲在那儿哭泣时给弄坏的。十五这天，送走了自家的祖先，善男信女会到寺庙去诵经念佛，烧纸钱超度传说中的孤魂野鬼。有的人会趁着夜色降临时，带几样酒菜到十字路口祭奠游荡的鬼魂……

祭祀，是中国的传统仪式，它是国人对逝世先人的一种纪念，更是一种心理的慰藉。家祭仪式有着让我们缅怀先贤、传承忠孝、教化后人的作用。所以，过鬼节这种习俗一直沿袭着。因为在这份绵长的亲情里，家祭寄托着炎黄子孙对美好生活的向往与对祖先的思念之情。

节日散记

陈理华

二月二

依据气候规律，农历二月二时，我国大部分地区，气温回升，日照时数增加，雨水也逐渐增多。这一切的条件都能满足农作物的生长需求，所以二月二也是南方农村的农事节。二月二过后，农民告别农闲，要下地劳作了。所以，古时也把二月二叫作"上二日"。

在闽北一直流传着这样一句话："二月二，吃干净。"意思就是到了二月二这天，经历了一个正月后，余下的一点点膀蹄肉、鸡腿、年糕等美食，都会在这天拿出来让一家人吃个够。

旧时物资匮乏，过年备下来的一点年货，在整整一个正月里要一直留着。主人除了在大年三十那天大吃一餐，之后一般是不会再吃这些东西的，得把它们留着，这样有客人上门时就可以拿出来招待。按习俗到了二月二，就再也不会有人来拜年了，所以那些看似珍贵、其实早就过期没味的东西，就被拿出来吃了。

当然这天也不全吃过年留下的东西，家里还会买些薄饼或兑些面，有钱人家也会买些肉来改善一下，毕竟二月二是个节日，这一天一家人可以放开肚皮，吃个爽快，一点也不用顾忌。不用像过年那样，吃时还小心翼翼，脑子里总有个"留"字在那儿横着。

另外，二月二这天有的人家还会做一碗糖豆来吃。吃糖豆据说是为了生活甜蜜。这是人们长期形成的一种习俗，反映了淳朴善良的农民对美好生活的向往。要做糖豆时，头天得先把滚圆的黄豆泡在水里，待黄豆胀大后捞出晾干。然后在大铁锅里炒，炒到豆子又脆又酥时，淋入一些早就融化开来的红糖汁或米糖汁,在高温的作用下,红糖和豆子粘连在一起,这时有的人家还会撒些磨好的豆粉或米粉,这样才不至于全部粘胶在一起。吃的时候,那种内脆外软的香甜,简直太美妙了。孩子们除了过年,最盼望的就是二月二了,只想着在这天大快朵颐,吃得津津有味,但当时的他们却并不明白这个节日的含义。

老人们常说,二月二这天是龙的生日。龙是祥瑞之物,是和风化雨的主宰。主管云雨的龙蛰伏了一个冬天,在二月初二这天结束冬眠,开始活动。

还有躲在泥土或洞穴里的虫蛇,也从冬眠中苏醒过来……这些家伙刚刚醒来时,家里的石磨是不能用来磨糕和粿的。若是二月二想吃这些,就要在头天做好。据说这是因为,二月二这天若在家里推磨,龙会不高兴,龙不高兴就有可能一直下雨,把你种的庄稼淹了;或者一滴雨也不下,让田地干旱到龟裂。为保民间风调雨顺、五谷丰登,村里的人在二月二这天都不动家里的磨。当然,现在移风易俗,这种禁忌早就没有了。

我国大约从唐朝开始,就有过二月二的习俗。李商隐有首《二月二日》诗:"二月二日江上行,东风日暖闻吹笙。

花须柳眼各无赖，紫蝶黄蜂俱有情……"二月二，早已成为一种历史悠久、源远流长的文化，在人们的生活中传承。民间百姓过二月二的目的在于祈求庄稼丰收与人畜平安。

六月六

闽北，有着许多积淀深厚、源远流长，并与其他地方不同的民俗文化。其中六月六就有着浓厚的地方色彩。

农历的六月六是在夏至之后，恰逢小暑大暑节气，气温升高，汉代的刘熙就说过："暑，煮也，热如煮物也。"六月六这个由两个吉祥数字组成的节日，在我们这一带可不是一个平常的日子呢。

首先是沐浴。沐浴是再平常不过的事了，可是这里的村民却说，在六月六这一天洗澡，能让人得到的好处是与其他日子不同的，它可以免灾祛难，带给人吉祥与如意……

从前的农村，一般百姓家都没有专门的洗浴设备，但人们也很注重清洁与卫生，特别是遇到某个节日或节气时，会进行隆重的沐浴洁身。比如端午节，不论男女老幼，都要用菖蒲、艾蒿等香草熬水来洗澡。一到六月六这天，也是村民约定俗成的洗澡的节日了，到了这天无论走到哪里都会听到村民说："六月六，狗洗浴！"意思是提醒人们，连平时邋里邋遢的狗都要洗澡，更何况人呢？用清清的山泉冲去身上的汗渍、污垢时，会感到特别舒服，格外惬意。洗浴后的清爽与舒畅，会让人对生活充满着一种喜悦感。

至于村民口口相传的"六月六，狗洗浴"的说法，却不知道从何而来，也不见文字记载。但目的还是提醒大家在平时生活中要注重卫生，这样才能健健康康，有了健康的身子，日子才能过得和和美美，快快乐乐……

晒衣物几乎是每天都要进行的一种劳动，可是当一年三百六十五天里，竟有那么一天被定为晒衣节时，会不会感到特别的温馨呢？或者觉得有些不可思议？居然会有这样的节日！

六月六晒衣节，是我们这儿很有趣的民俗。在这天，妇女们会拿出尘封在箱底的衣服，来为村子披上节日的盛装。所谓的"六月六，家家晒红绿"，说的就是这个意思，而"红绿"指的就是各式各样、五颜六色的衣服和布块。

闽北属于江南，在经过漫长的梅雨天后，藏在箱底的衣物容易生霉，取出来晒一晒，可避免霉烂。久而久之，相沿成习，流传至今就成了当地的民俗了。到了这天，举目望去，村子里的竹竿上，到处都挂着花花绿绿的布片，像"万国旗"般迎风招展。

这些衣服大多是大家平时穿的，比如冬天的袄子，到了这天拿出来晒，以防生霉。特别受人关注的就是新娘子的新衣，一是拿来晒，二是拿出来炫耀。那时的女子，出嫁时，娘家要送上陪嫁衣服和布料。有些家境殷实的新娘，嫁衣与布段穿上十几二十年也不一定能穿得完，便趁着这天拿出来亮亮家底，也让村民开开眼界。这些嫁衣大多鲜艳夺目，引得好多人去围观。他们主要看衣服的多少和做工的精细程度，边看边在一旁窃窃私语，对新娘子的衣物品头论足一番……

还有就是小孩的衣服，孩子长大了，小衣服不能穿了，留下来等第二胎再穿，这样的衣服也是要拿出来晒一晒的。这里晒的就是父母的喜悦与节俭了。

最最庄严的要算老太太、老大爷晒他们的百年寿衣了。从前在农村，家里有老人的一般在六十岁那年就要为自己备下寿衣。这些衣服做起来后，每年的这天也是要拿出来晒晒，见见阳光的。晒时老太太或老大爷就站在旁边,这是一种满足与骄傲,他们在那儿心满意足地接受众人的注目与尊重。

六月六也是佛寺的一个节日,叫作"晒经节"。传说唐僧到西天取经回来途中,不慎将所有经书丢落到海中,最后捞起来晒干,方才得以保存下来。因此寺院藏经也要在这一天翻检曝晒。

闽北晒经的地方就在大觉禅寺。在寺庙右侧的小山头上有一块用古砖砌成的晒经坪。每年六月六,是大觉禅寺的"晒经日",这一天,善男信女们会早早地起床,穿戴整齐。女的要穿紫色或红色裙子,头戴绢花,脚穿绣花鞋,提着经篓,相邀着一起往大觉寺赶,去参加这个隆重的晒经仪式。

晒经时僧人衣冠整洁,焚香、秉烛、礼佛、诵经,把寺里的藏经统统拿出来通风翻晒,以防经书潮湿或是被虫蛀鼠咬。善男信女看完晒经后,寺里会做斋饭,大家中午就在那里吃饭了。

七月七

有人说七夕是中国的情人节,但在我看来,七夕却是纯粹的女儿节。因为在我们这里没有人过什么情人节,我们过的是女儿节,也就是传统的乞巧节。

七夕乞巧,起源于汉代,东晋葛洪辑抄的《西京杂记》有"汉彩女常以七月七日穿七孔针于开襟楼,人俱习之"的记载,这便是我们于古代文献中所见到的最早的关于乞巧的记载。梁代的《荆楚岁时记》也有记载:"七月七日,是夕人家妇女结彩楼穿七孔外,或以金银愉石为针。是夕,陈瓜果于庭中以乞巧。有喜子网于瓜上则以为符应。"

从前在乡间,每年七夕的这天,有女儿的家庭就会早早准备香烛、果、针线和各色的布料。因为七月初七是女孩儿寻求灵巧、聪慧的日子,谁都希望自己家的女孩能生得聪明伶俐,有着一双灵巧的手。

还没到七夕,要好的女孩子们,就开始互相邀请在一起过节了。于是,这天也成了闺阁们一年一度的集会。

女孩子们在这个清爽宁谧的夜晚,除了向织女乞巧外,更多的是和女伴们互吐自己内心的小秘密，充满对人生幸福的企盼与希望。

当夜幕降临时，她们会在庭院里摆出一张供桌，桌上陈列瓜果，摆好针线与布料。瓜果一般都是自家种的，如玉米、白瓜、黄瓜、梨等。

沐浴后，穿上自认为最好的衣服，到院前燃烛、点香、烧纸，对着上天跪拜。这是她们对高超针线技巧的最虔诚的一种祈祷。隆重的祭拜仪式后，笑颜如花般绽放的女孩子们各自端坐在桌前，在溢彩流金的时光中，进行彩线穿针比赛。这时，大家都会绣起最拿手的花样来比拼，在游戏似的竞争中她们不仅学到了别人的手艺，还增加了生活的乐趣。

岁月伴着秋光，烟花也开始绽放。手艺比拼过后的姑娘们安静下来，坐在凉台上，望着天上一钩凉月，在记忆中拾起一卷有点泛黄的书卷，吟一句"天阶月色凉如水"的诗歌，遥想起千百年以来，那些闺阁中的少女也是这样过乞巧节的。那情那意，尽在敞开的心扉中。心，于是也感到暖暖的。

闽北女儿过得是最古老的节日，品得是最古朴的情怀。她们用最烂漫的诗意串起星月，浇灌心胸。于是，这份传承了千年的活动，一直在她们心头盘桓、翩跹……

如今，在世俗与功利的社会里，早已没有如约而来、挥之不散的乞巧节了，女孩子们都解放了，不用做针线了，取而代之的是七夕情人节。她们还知道七夕的真正寓意吗？

重阳节

闽北过重阳节，是要吃重阳糕的，这是古风延续的证据。

很早我们就知道有个重阳节，还知道在这天大家伙儿要去登高，也知道重阳这天家里要蒸一屉糕来吃，那一块块软软的、甜甜的重阳糕，被一口口地嚼下去时，就等于是你一步步地攀上了高山。在村民心里，吃重阳糕不仅是物质的需要，更是精神上的一种需求。

稍微年长些，在小学语文课本里读到了唐朝诗人王维那首"遥知兄弟登高处，遍插茱萸少一人"的诗。从这首诗里我还知晓，重阳节这天，古人有把茱萸插于鬓间的习俗。可是生在乡间、长在乡间的我，竟认不得这种在古诗里很出名的植物——茱萸，生活中也没有见过头插茱萸的君子或佳人。所以一直不认得什么是茱萸，只认得它的名字，就像只认得王维，并不认得他本人一样。

这茱萸从唐朝或更早的时候就开始进入我们的生活了，它走呀走，一路上经过了无数风吹雨打，就像一个从小就离开家乡到外面打拼的少年，多年的时光都湮没在漂泊的路上，消失在远方的梦里。但这株茱萸却一不小心走丢了，可能是这样，才使得我们这些乡人很自然地把它忘记了。

后来有网络了，在网上搜了搜，才知道这是一种枝繁叶茂且非常普通的植物。它很幸运地被我们的祖先应用在了一个承载了丰富的文化内涵的节日里，从此就根深蒂固地扎根在中华儿女的心中。

通过图片，我在大山千万种植物中找到了一棵棵类似茱萸的树。这些树，在秋天还会结上鲜艳的红色的小果子。那些一簇簇挂在枝头的果子，会散发出一股特别的芳香，小孩子们会把果子采来玩。在《神农本草经》、孙思邈《千金翼方》中都可找到茱萸的影子。其实茱萸不仅仅是一味中药，古人插茱萸更是为了祛毒与辟邪。如今的茱萸在各种保健品中大放异彩，深受老年人的喜爱。

重阳节，也是传统的敬老节。据此风俗习惯，1988年，我国将农历的九月初九正式定为"中国老人节"，使农历九月九成为我国法定的节假日。

  重阳是非常好的时节，这时暑气退尽，凉而不寒，让人感到舒适宜人。所以人们把敬老节定在这个时候，为迟暮的生命唱起暖暖的赞歌，并让所有老年人在岁月深处，留下一段美好的回忆！

天荒地老话婚姻

陈理华

闽北婚俗里的茶

古往今来，茶不仅是一种高尚的礼品，还是纯洁、坚贞的化身。又因茶树四季常青，象征着天长地久、代代相传的意思，所以在缔结婚姻的每一个过程中，都离不开用茶。

喝茶是一种特殊的情感交流方式，洁白的冰糖泡在氤氲的茶水里，似乎可以洞穿喝茶人的内心世界。在闽北，当男子在媒人的带领下第一次走进女方家门时，一阵寒暄过后，便是让座，上茶了。但这里的上茶却与普通的上茶有着一点不同。

当女方父母满面春风地端来一杯热腾腾的冰糖茶款待男子时，有趣的事就会绕着这杯茶发生了。接茶时，男子是平静还是慌乱？举止动作是礼貌还是无礼？这些不经意的动作就能让眼尖的父母看出一个人的大体性格来。

尤其是在品茶时，女方家长会巧妙地从男子的言谈举止与喝茶时的仪态来揣摩男子的心性。真可谓是茶如人生，人生如茶呐！一不小心，一场婚姻就有可能泡汤了。

氤氲的茶香里，或咸或淡的言语中，随着一杯甜茶的下肚，这场婚事的成功与否已差不多能敲定下来了。女方若看中了男方，在男方起身要离去时，女方家长就会笑容满面地对着男子说："希望有空再来喝喝茶。"男子一听这话，心里立马乐开了花，边向外走，边鞠躬点头。

当相亲男子走到门外时，媒人才会慢吞吞地站起身，提提衣角，摸摸头发，小心地、笑盈盈地征求意见："有空就择个日子到男子家中去看看他的家当？"女方家长则会笑着说："正好我也想到那个村子去看看亲戚或朋友！"

值得一提的是，在一场相亲过程中，作为主角的女子，在这里是最不重要的人物，她只在大家喝茶的过程中，被父母叫来站在边上看一眼相亲的男子，也让男子看一眼，然后就躲开了。

过些日子，当女子在家人的带领下来到男方家里时，男方也要用甜茶来接待他们。这是男女婚姻中最关键的一道茶，喝好了，那就是千年修得共枕眠，成就一段佳话；喝不好，也许就再也没有机会一起饮茶了。简简单单地喝过茶后，女方的家人就会以各种理由起身在男方家里四处走走，这次的喝茶只是个幌子，他们来的真正目的是看男方家底的，又哪能让一杯茶拦住脚步呢？当他们把男方家里里外外看个够后，若是觉得满意，那就皆大欢喜了。

婚事定下后，就是选择良辰吉日来举行婚礼了。结婚的日子一旦敲定，双方就要开始请书记（帮忙写写记记的乡村有文化的人）写请柬，包喜茶。喜茶是男女双方表达忠贞与纯洁的象征。

据说此风是从唐朝"风俗贵茶，茶之名品益众"中演变而来的。当年文成公主下嫁松赞干布时，就带去了邕湖含膏等不少的名茶。自此以后，茶叶不仅成为女子出嫁时的陪嫁品，还逐渐演变成一种婚礼的特殊形式。

喜日子这天，男方接亲的队伍早早地就来到女方家门前了。这时早就等候着的女方家人就会燃起鞭炮，热闹的响声过后，女方客气地将接亲的客人迎进大厅，让他们坐在大厅的大红圆桌边，一一倒上甜茶，让他们慢慢品尝，等着新娘子梳妆打扮。

接亲队伍中，在一个十几岁小孩挑的丁箩中，最上层的就是两包用红纸包着写有"海誓"和"山盟"的喜茶。一看这字就明白，这是男子在向他心中的女子示爱呢！红烛点亮，主人焚香，然后把丁箩里的喜茶虔诚地放到大厅供桌上供着。

同样，新娘子要出门时，女方也要把两包写有"冰清""玉洁"字样的喜茶放入丁箩，随着嫁妆挑到男方家里。男方同样是把它放在大厅的供桌上供着。

婚礼过后，双方的喜茶在供桌上供上一段时间后，就要像宝贝一样地收藏起来。因为村民坚信喜茶是一种很好的药材，能冲去晦气，带来吉祥如意。谁家小孩若是忌讳孕妇，生病发烧了，就要到有喜茶的人家去讨得一点来泡茶让其喝下。

他们说喜茶专治这类怪病，也是一种冲喜的方法。

新娘子在男方家刚落座时，男方家中有福气的长辈马上倒上一杯甜茶让新娘子喝，意为新娘子在今后的日子里甜甜蜜蜜。这茶与在新娘子箱笼里放有的一小包茶一样，是用以祈求婚姻美满幸福、恩爱如初的，有情深意厚、健康长寿之意，是千万不能缺的。

一对新人在洞房花烛后的第一个早上，要像在电视、电影里看到的场景一样，新娘子向公婆敬一杯甜茶。这天公婆早早起床，穿戴整齐地端坐在大厅的一侧，专等着他们家的新嫁娘来敬茶。当满面含羞的新娘从新房一步步走向大厅，在大厅的供桌上倒了两杯热茶来孝敬公婆时，公婆虽还没喝，心里却早甜蜜得一塌糊涂了……

如今，在政和杨源乡一带还流传着一种古朴风俗，那就是由刚过门的新媳妇，邀请当地上了年纪的妇女，在端午节这天来家里品茶。这风俗，展现的是乡民间和睦融洽的淳朴关系。这杯茶也可以说是整个婚俗过程中最后一道茶了。

茶在民间婚礼中的种种习俗，归根结底反映的是中华民族一直以来求吉祥、图吉利的一种文化心态。

起轿角与上轿礼

旧时娶亲必用花轿，无花轿不叫明媒正娶。像娶小妾用的就是水轿，走的是后门；穷人续弦也不坐轿，要女方在傍晚时走路到男方家里。所以在农村，夫妻俩一吵架，女的就会无比自豪地说："我是你用花轿抬来的。"用这话来压男子。

花轿在旧时是新娘子的专车，再有钱的人平时也不能坐，但现在在农村却很少能看到了，好在人们还能从电视电影里看到它雍容华贵的身影。

花轿长得四四方方的，外面披着布满各种吉祥图案的红色布帷，轿上挂满各种绒花，四周挂着彩丝长穗，四角有灯，整座轿显得五彩缤纷、金光闪闪。

大约是因为女子出嫁时要坐花轿的缘故吧，在我们这一带，家中有女儿要出嫁的这一年内，娘家里的长辈，就要轮流为她起轿角。什么叫起轿角呢？说白了就是请她到家里来，由众多女眷陪她吃一餐丰盛的饭。这样做的目的有三个：一是女子要成为别人家的人了，想到娘家的亲戚家中来玩不是那么容易的事了，趁没出嫁前邀她来玩玩、聚聚，大家在一起叙叙亲情；二是也让七大姑八大姨们给这准新娘上上课，教她一些做新媳妇的道理；三是趁这机会，让女子学学别人的手艺。除此以外，起轿角还包含着对女子的性启蒙。

从前没有电影、电视可看，穷人家的孩子一般也是没有书本可看的，就是有书本可看，书本上也不可能让她们看到不该看的东西。那时的女孩子，哪怕是小户人家的女子，也是养在深闺里的，什么都不懂。而有些话做母亲的不好说，或者不方便说，于是就精心策划了一场场起轿角的活动，在起轿角的宴席上，来的都是准新娘的亲人，加上又没有男人在场，自然也会放肆些。

有些结过婚、说话又"粗"的女人，就是平时也会说起一些不该说的风流话儿，在酒精的作用下，自然会更卖力地谈起男女之事。说到精彩之处时，她们才不忌讳桌上有没有黄花闺女之类的人了，因为她们的本意就是让这些不懂事的黄花闺女懂起事来……

就这样，准新娘在长辈或同辈姐妹的现身说教下，对婚姻生活有了初步的了解。

新婚那天，新郎家的轿子在迎亲队吹吹打打的唢呐声中被抬到了新娘家门口。梳过妆的新娘子，在鞭炮声和唢呐声中，在熙熙攘攘的人群里，盖上红头巾，在娘家人的搀扶下，十分不舍地走向即将抬着她离去的花轿。亲戚们和乡亲们这时候都会来送行，村子里把这一着叫作"送新娘子上轿"。这时家中的长辈都要从衣袋子里掏出早就准备好的一个红包来，红包上一面书写着"上轿礼"，一面写着送礼长辈的名字。当长辈把红包送到即将离家的新娘子手中时，也要嘱咐几句，祝福几声。

这个上轿礼是给新娘子的，也就是她今后的体己钱。礼的大小视长辈的家庭经济状况而定，多少没关系，但一定要是双数。上轿礼代表着长辈对新娘子的深深祝福与希望，希望她在今后的日子里能过得红红火火……

新娘饼

新娘饼，自古以来就是小湖这一带嫁女儿时必不可少的一件礼品。很多人开玩笑地说养女儿就是为了吃饼，有时看到别人家的女儿大了，就会对其家长说："可以换饼吃了。"

一场婚礼下来，若没有这新娘饼，就不叫结婚！

办喜事的人家总是早早地订下新娘饼，等到结婚那天，亲戚朋友来送礼，再把新娘饼作为礼物回送给亲戚朋友。回送的新娘饼一般是两块，多的可以是十几二十块，这就看亲戚朋友的亲近程度。

在定下亲事时，双方就协商好男方要送女方多少新娘饼了。男方在婚礼前就要请做饼师傅到家里来做。新娘饼里还要做两到四个块头大的，叫大奶饼、大妈饼，其余都是四两一块的。小块的饼上都印有大红双喜字，红的代表着喜庆与甜蜜。大奶饼和大妈饼上要用大红纸剪出一块和饼一样大小的圆圆的喜字，里衬一张同样大小的绿纸，一块大奶饼足足有十斤或十二斤重，是男方特地做来送给女方父母吃的，不写在礼单上的饼数里。大妈饼是送给女子的爷爷奶奶吃的，当然前提是新娘的爷爷奶奶在世。爷爷奶奶在吃这种饼后要回赠金戒指或钱，不是白吃的。值得一提的是，不管是大妈饼，还是大奶饼，都是切开来大家一起分享的。

新娘饼在整个婚礼中有着很重要的地位，它和彩礼、首饰、衣服、酒水一样被写在红单上。新娘饼在红单上不叫新娘饼，有个更喜气的名字,叫喜饼!

在小湖一带,结婚要三天时间。第一天,女方办酒席,叫定亲酒;第二天,新娘离门到男方家里,这天才是正日子;第三天是新娘回娘家。

定亲这天,新娘饼挑到女方家后,在定亲的队伍回去时,他们两只丁篓上各要有两块新娘饼,杠上也要有两块,每个来定亲的人都要分到两块。新娘离门那天,新娘的每个箱子上还要有两块,五子果包里也要有两块。

新娘饼好吃,它的制作也十分讲究。男方把家里的肥猪杀了后,将猪油熬好。在定亲的头一天请来师傅,还要叫上一些村民来帮忙。在师傅的指挥下,把和好的面粉分成均匀的小团,再用面粉擀成一张张薄薄的面皮。在每个小团里裹上芝麻、花生、白糖作为馅,再浇上新鲜的猪油,先用手搓成一个个圆圆的球状,再包到那张面皮上,然后轻轻地用一块薄薄的木板拍打成厚厚的饼状。新娘饼的料是有讲究的,白糖代表生活的甜蜜,芝麻象征着节节高升,花生是希望他们将来能生下很多儿女……

再来说一说烤饼的锅,它分为上中下三层,中间是平底锅,平底锅上端有个圆形的盖，吊在一个三角上，盖的上面堆着小山似的烧红了的木炭。而平底锅的下方还有一个更大的锅，锅里面也填满了正在燃烧着的木炭。师傅在平底锅里放上油，再把饼一块块地放进锅里，一次可以放上二十块左右。这时，那些充满甜蜜和喜悦的饼就像三明治的中间层似的夹在中间，上下熏烤，没多久，就会飘出浓浓的香味儿。

等烤到一定地步时，移开上面的盖，给锅里的饼翻个身，再烤上一会儿，香酥可口的新娘饼就正式出炉啦！

闹洞房

一场婚礼，闹洞房是最热闹的，也是结婚的重头戏。

那时闽北的婚礼大都选在隆冬举行，这个季节也是农闲的时候。一年辛苦劳作的收获都归家了，所以粮油充足，加上肉类的食物在这个季节好储藏，而且冬季人闲，闹洞房闹到半夜也不会耽误第二天出工。

如今，尽管部分传统礼仪已因文明发展或简化婚礼而被省略，但是一些古老却有趣的婚礼习俗仍然存在。

农村的一场婚礼说白了就是一个村庄的喜庆，新娘吃过酒席后，到了晚上就是闹洞房的时候了。据说古人闹洞房，取辟邪驱恶之意，也有融洽新人关系的寓意，还表达宾客祝福之愿，等等。

闽北农村闹洞房还是很文明的，全然没有现在网络上看到的各种不堪的玩笑。

记得那时，酒席刚吃完，新郎新娘就被人簇拥到洞房里了。洞房里，一对红烛照得耀眼通明，里里外外的人，个个脸上都喜气洋洋的，说着，笑着，还有哼着小调的，比过年还热闹些。一到房间，新娘会端来一盘满满的喜糖，一人两个地分下去。分完糖后，年轻人一起哄，闹洞房就开始了！

这时大家就给新娘出难题，比如要求新娘亲吻新郎，新娘子若大大方方地做了，也会被吵着再重来一次；若新娘害羞，就有人上去把新郎的双耳用力地搓，名曰炒木耳。边搓边问新娘："你心不心疼？"

当新郎官的一双耳朵被搓得发紫时，若新娘还不肯就范，就会有人往新郎的脸上涂萝卜油。这萝卜油是事先找一根粗粗的萝卜儿，切下一大段，在中间挖一个洞，把菜油倒进去，埋在炭火里烤，然后再往里加烟尘。这种油一旦涂到脸上去，就极难洗下来，而且那新郎还会被涂得如同戏里的小丑一般，极为狼狈。这时新郎大多会对新娘说好话："你就依了他们吧！"然后也对众人说好话。新娘子才会羞羞答答地上去亲新郎……

还有要新郎抱着新娘子去咬糖果，若是咬着了也就罢了，若是咬不着，那新郎也要被炒木耳或涂萝卜油的。当然整个过程中，也并不是新娘想咬就能咬得到的。

整个过程中新郎和新娘都不能有半点怨言，否则，人群就会散尽，连那些借来的碗筷和桌椅都不帮你还，只有一对新人上门一个个地说好话、送烟送酒，人家才极不情愿地来，但这样一来，大家面子上都不好过。所以在闹洞房时，只要是一般的花样，只要能做的，一对新人都会尽量地满足，大家其乐融融，直到闹到各位看客心满意足地离开。

咬腿

人群散去后，热闹了一整天的新郎官家里此时在一份幸福的甜蜜里安静下来了。这时还住在家里的人，连说话的语气和脚步都变得柔和了。

在闽北婚俗里，并没有如电视里看到的夫妻间一起喝交杯酒的习俗，他们是在洞房里吃鸡腿，名曰咬腿，这是闽北婚俗里的一出重头戏。

吃的鸡腿，是在接亲那天女方放在丁篓里由童子挑入男家的，这鸡的腿不叫鸡腿，而叫麒麟腿。男女入洞房后，由家中德高望重的长辈，煮两碗线面，上面各有两个蛋和一只鸡腿。新婚夫妇坐在床头，吃了这面、鸡腿、蛋后才允许上床。

在闽北，面条历来都代表着长寿，吃线面象征着头发胡须白，在这里也有祝福他们白头偕老的意思。

鸡腿有着辟邪、保平安的含义，横卧在雪白线面上的鸡腿，因蛋白质含量较高，容易被人体吸收利用，有强壮身体的作用。所以家里杀鸡时，都是将鸡腿给老人和小孩吃的。

在洞房里，鸡腿代表着富贵与力气，说白了，也就是吃了它们，新婚夫妇不但自己身体健康，将来生下的宝宝也会健康活泼。

那鸡腿象征着长辈对新婚夫妇的满满祝福和深深期待！

新娘炒冻

从前,新娘嫁到婆家的第三天,俗称"过三朝"。按照习俗,新娘要在这日的早上下厨做饭,以表示新媳妇从今往后要敬事公婆,另一方面也是婆家对新娘料理家务能力的测验。

为此,唐代著名诗人王建在《新嫁娘词》中这样写道:"三日入厨下,洗手作羹汤。未谙姑食性,先遣小姑尝。"这首脍炙人口的诗,写的就是新娘子过三朝做饭的情景。

在我们这里,新娘子做饭时,会有好多人来瞧热闹。若是新娘子把一顿饭打理得井井有条,大家就会交口称赞;若是炒菜时手忙脚乱的,大家就会窃窃私语……这情形有没有像某武侠小说里的打斗场景,赢了观众就对其大唱赞歌,打输了大家就一起指指戳戳……

新娘子第一天下厨的高潮是"新娘炒冻",说白了也就是大家要考考这个新娘子的机智与应变能力。

新娘子所炒的"冻",不是现在的炒冰,更不是如今标新立异的油炸冰棒,上面说的这些都是得经过现代高科技处理后才能做得到的。

那时的婚礼一般是在冬天进行，所以，"冻"是少不了的。新娘炒的"冻"，是将猪脚、膀蹄熬煮后得到的浓汤，经霜冻凝固而成；当然也有用鱼汤做的"冻"，主要看婆家怎么供给了。

在新娘做这道菜前，早有人把一大钵准备好的"冻"端出来，切成大约三个手指头大小的方块状，装到一个碗里；更有专门的人在灶膛前，选最易着的柴火把灶膛烧得旺旺的，即使这样，旁边的人还要不停地催烧火的人再加柴。只见火苗儿从灶膛口不时地溜出来，把灶底下的人的脸映得通红通红的。

炒冻的要求是必须让"冻"在烧得有点红了的锅里，至少滚上三滚。当然滚得越多越说明新娘有本事，这就要求新娘必须手脚麻利。滚过的"冻"舀起来装到碗里还要一块块的，绝不能变成一摊水儿。

锅一热了，只有大伙儿允许，新娘才能把那一大碗"冻"倒入锅里。最有趣的是，新娘子炒冻时总是有人想方设法地分散她的注意力，有的会说，新娘子，你的脸怎么没洗干净就来做饭，或者说你的衣服扣子扣错之类的话。他们还在新娘子稍不留神时，把锅铲给藏匿起来，或是把准备要装"冻"

的碗给拿走，急得新娘子在锅台前团团转……

有经验的婆婆或妈妈就会事先告诉新娘，在把"冻"倒入锅后一定要一手拿锅铲一手拿碗，要不然之前的一切努力都会泡汤，会让看热闹的人笑话……

若是真的把"冻"炒成了一摊水儿，看的人就会得意得哈哈大笑，会说"新娘没用！真没用！以后你的家人有苦受了"之类的话语。对此，新娘子虽会感到不好意思，但也不会生气，也不能生气，要笑眯眯地说些感谢各位前辈教导之类的好话，然后殷勤地请大家入座，用一餐香香的早饭来堵住大家的嘴。

当大家心满意足地离去时，这场乡村的喜宴才算结束。

请新客与请新娘

以前，农村里的年轻人结婚，双方父母总喜欢将婚期安排在秋收之后，因为这个时候，稻子等农作物都收获好了，家里开春就抓来的小鸡和小鸭，这个时候也都养得肥肥壮壮的了，连猪栏里的猪也肥得走不动了，可以出栏办婚宴了。

秋收之后是农闲之时，亲戚想来喝酒也有空了，邻居们也有时间来帮忙。当大家喝过喜酒后，至亲的亲人是要回请主人家的新人上自己家来做新客的，一般来说，请新客都是由新娘家人来请的。舅舅最大，请新客就由他家请起，这叫"请出厢"。然后是姨妈啦，伯伯叔叔啦什么的，日子由他们自己去商定。

而新郎家族的亲戚也要请新娘的，其礼仪与请新客一样，但是有一点不同，请新娘是"白请"，也就是说没有膀蹄和鸡。一般来说，女方亲戚在请新客时，会在同天或其他好日子请一下新娘，而新郎家族的人，就只能请新娘，而不用请新客的。

请新客之前，新人要给这家人一只鸡和一个三斤重的膀蹄。新人若亲戚多，会把正月都排得满满当当的，这时，这些新客或新娘就像那些明星一样到处跑场，有时忙得一天要吃两家。

新客到家里来吃饭这桩事情，在农村是被隆重看待的。新客上门时要由岳父或舅子带去，这一着叫作"看牛"，意为看着他，带着他，不然这个新人找不到北。

新客上门时，新客的红包是挂在冰糖包里一同送到的，如果主人家有未成年的小孩，新客出于"雅席"（就是懂礼貌或大方的意思），也会包一个红包给这家的孩子。这钱是没得退的，小气或没钱也就免了。

新客一上门，主人还要点香，以示对新客的看重。到了别人家里，"看牛"的得带着新客，教新客认人。

所有去做客的人，都要带上一包冰糖去主人家，新客要带的礼物是双份，礼物中还要放上一个红包，这红包叫"串带"，也就是从此我与你们就是连在一起的亲人了。主人家会把礼物收下，然后也要包一个"串带"，早时一般是一元二角四分，代表主人祝福新客要长命百岁，活到一百二十四岁。后来是十二元四角，现在一般人会包一百二十四元，其意思相同。另外还有五只蛋、一盘粿子、一只橘子、一只鸡腿，算是回礼。若是新娘，还要另外加一双袜子。

在这天，新客是家里的主客，其余人都是陪客，菜做好了，在厅的正中摆上一桌，新客坐上位，"看牛"的陪在旁边。上菜后，主人会来敬酒。菜到一半，膀蹄上桌时，新客就要下桌去厨房里对着正在忙着的主人，敬个礼，再敬他们一杯酒，以示感谢之情。然后带着主人夫妇的祝福重新上座。中途，别的客人吃饱了可以先下桌，但新客不能这样，新客一定要陪着所有的客人，要等大家都下桌了，他(她)才能下桌。下桌后，还要到厨房去对主人说句辛苦了，现在去吃点东西吧。

主人则会高兴地说，我们早就吃过了……

接命亲戚

我这里所说的"接命"并非道教里的接命术，而是指当地的一种风俗，一种在婚姻中很有意思的亲戚关系。

什么是接命亲戚呢？就是一个男人在他的原配夫人过世后又续弦，娶别的女人到家里来，这个新嫁到丧偶男子家中的女人就要去认男人原配夫人的娘家人，这就叫接命亲，意思是她接了原配夫人的命。

男人新娶的女人到家一个月左右，就要选个吉日，到先前老婆的娘家去认接命亲。认亲过程很简单，先通知对方什么日子会带新娶的女人上门来认亲，在对方认可后，再带着女人去走亲戚。

闽北自古就是个重视礼数的地方，女人作为女儿第一次上门时，是不能空手而去的。她所带的礼物一般是冰糖两斤，糕点两包，给父母大人各剪一块布。冰糖、糕点和布都要贴上红纸，以图吉利。若是家里有爷爷奶奶的，那礼物就要再多加一份。

吉日这天，夫妻二人早早起床，在大厅供桌上点香，告诉已亡之人要去认亲……吃过饭，换上干净衣服，提着礼物，大清早就出门去了。到了对方村子，那一家人早就站在门口来接新女儿回家。迎接时必须是全家都出来接，若是遇到特别多礼的人家还会到村口来迎接。

一家人高兴地簇拥着新女儿回到家，主人先是在大厅的香桌上点上香烛，让家里的祖先知道他们新认了一个女儿，再走到大门口点上香，然后，请新女儿坐在大厅的椅子上。接命母亲会端来一盏茶，请她喝，并叫着接命女儿的名字说："××来！一路走来辛苦了，喝盏甜茶解解渴，去去乏！"这时女儿要站起来，双手接过茶说声："谢谢妈妈！"

被称作妈妈的女人高兴得想笑，但一想到自家女儿却又想哭，于是，马上转过身。让女儿认亲时，先从家中男性长者介绍起："这是你爷爷，你大伯，这是你兄弟，这是你奶奶，你嫂子，你姐妹……"在她的介绍之下大家互相微笑着点头示好！这样一家人就算是认识了。

介绍完家里的主要成员后，接命妈妈若有钱就会拿出一个金戒指套在接命女儿的手指上。家里穷的就在她回去时，也送一块布，让她回去做衣服穿。当然，这布不能是接命女儿带来的那块。接下来大家坐在一起说说话，然后其乐融融地吃顿家常便饭。这样接命亲就算是认下了。

从此以后就当亲戚来往！当然这种亲戚关系有点微妙，双方都很满意的话，就会一直认下去；若觉得不理想，就会半途而废，再也做不成亲戚，不过这样的情况少之又少。一般来说这种亲戚都能一直持续下去，因为乡下人都认"亲戚不怕多"的道理。

接命亲在所有的亲戚里，是最有趣也是最有人情味的一种了。

上半门

说起"上半门"这个词，也许四十岁以下的人连听都没听说过。那么我就来给各位说说什么叫作"上半门"吧。

一妻多夫制起源于母系社会，到现在，在世界婚姻总量中仅占百分之一。这种奇特的婚俗制度，在我国的某些地方至今还有所保留。

中国现在的婚姻法是一夫一妻制，旧社会有钱的男人是可以光明正大地娶多个女子来做老婆的，但对女人则要求"一女不侍二夫"。

但是，凡事都有例外，旧时也有女人能同时拥有两个男人的，在我们这里就把后来的那个男人叫作"上半门"。

古时对女人招男人到家里来有三种称呼：一是妇人死了男人，儿子小，自己年轻，没有再嫁，而是继续留在家中，招一男人来，这种到寡妇家中去的现象，就叫作"上门"；而"上半门"是指一个男人到有老公的女人家里去，与先前的男人一起共有一个老婆；如果女孩子因为家里没有兄弟，招个男人来为自己的父母养老送终，那是叫作"招驸马"。

一个女人与两个男人共同生活在一起，且这种婚姻关系还被当地社会文化所允许，被当地人所包容，是极少数的一种婚姻现象，大多数是因为家庭或情感的原因。

在农村出现"上半门"的情况，一是因为男人家里穷，娶不上媳妇，在生活中与某个有夫之妇互相产生了好感，该女人家里的那位主夫又不肯离婚，于是在主夫的认同下就让那个男人来"上半门"。

只是这种情况比较少，更多的是女人的主夫年老或生病，无法维持生计。为了生存下去，只好招一个年轻力壮、有劳动力的男人到家里来为这个家劳作，养着这个家里的大人与孩子。

在"上半门"前是要双方家长或族长一起坐下来写下契约的。把"上半门"的男人在这个家里所要承担的责任，以及在这个家里要享受的待遇都写下来。契约一式三份，分别握在三个当事人手中。

这契约细到两个男人如何与妻子睡觉，也就是性权利的分配，还有财产和三人婚姻中所生的孩子的分配……这些都要写得清清楚楚。最重要的一条就是两个男人平时要和睦相处，互爱互敬……

对于孩子的分配也很有意思，一般是看长相，长得像谁就归谁，也有是按人头来分配的。比如这女人在三人婚姻中若生下两个儿子，那就每人分一个；万一这女人在"上半门"的男人到来后，没有再生儿育女了，那就把原先的儿子或女儿分一个给他,让他将来老有所养;若是三人仅有一个孩子,那这孩子就属这三人共同拥有。

这就是从前农村的"上半门"现象,说起来三方都有万不得已的苦衷。

水碓

陈理华

旧时的村子里，一般都会有水碓的。哪怕是偏远的只有两三户人家的村子，也会在自己家里做一个用脚踏的水碓来碓米吃。古老的水碓，是农耕社会里先进的机械加工设备，它为祖祖辈辈的人们提供了吃白米饭的方便。

旧时的水碓都是私人的，村里人去砻米时还要交一定的米或者钱。一般是按人头来算，年终时结算。那时家里若有一间棚碓，就相当于现在一个人在繁华大街上有一间店面。

依山而建的水碓房，其墙基是用岩石砌成的，足有五尺多高；房子用木材构架，与我们平时住的房子差不多，但是用料较粗糙；支柱、房檩和房架都用粗大的杉木搭建，显得牢固而粗野；屋顶棚板上用青瓦片覆盖，室内宽敞、明亮、透风。

水碓自然要建在有水的地方，所以一般来说水碓都有一座孤零零的房子，离村子有一定的距离。一座沧桑古朴的水碓房，即使没人在碓米，也能一眼就认出它来，因为其墙壁、门板、瓦片上都布满白白的米糠，有点像童话故事里的雪房子。要是有人在里面劳作，老远老远就能听到一声接一声"扑笃——扑笃——"的响声，声音很大，也很杂。在农村也会听到"水碓一天到晚都停不下来"这句话，这是用来形容饶舌的女人的。

走近就可看到一个黑乎乎的立式水轮在一股股溪流的冲击下不停地转着。这水轮就是水车，设置在溪畔河边。开碓时，提起关水的闸门，湍急的水流带动着体积庞大、笨重似飞轮的水车。在水流的推动下，水车中央的轴承随之带动各个动力机械部位，让砻和碓都动起来。水碓是农耕社会里最先进的碾米工具，反映出我们先祖的高超智慧。

碓房分两层，楼台不高，由一架仅四五个台阶的木梯连接在一起。

上层放砻，铺着木板，下面是空的，放轴承，楼上的角落里放着一架风扇，这是扇糠壳用的；靠墙边还有两三级台阶，上去后会看到一个小门，要砻米时便从这出去拉开闸门。闸门就像一个总开关，当打开溢水口时，沟渠里的水就会流入田畴灌溉作物；当关闭溢水口时，沟渠里的水流就像一个引水槽，引着溪水不断冲动水轮。

放水时，随着哗哗的流水声，溪水顺势一冲而下，那架黑乎乎的水车也开始"吱呀吱呀"地转动起来。水轮中轴是一根粗大的木轮轴，轮轴两头紧扣着铸铁圈，由于长期在基座上转动摩擦，虽然岁月已久，却还是显得雪白铮亮。轮轴上还错落有致地分布着几块短拨板，轮番拨动碓杆尾梢就会带动连机碓。据说这种连机碓是魏末晋初时杜预发明的。

下层一进门便是两米左右宽的空地，这是方便别人进出的。放碓的地方，要高出地面五六寸，一人高的楼边排放着六七个碓子，没有碓米时，那些碓子被一个个藤套套着，垂着长长的碓嘴儿，静静地立在那儿，样子有点像一群笨笨的等着主人来喂的驴子。在碓房的最里边还有一架米床，是让人筛米用的，在水碓里碓出的米有许多的米糠，这时就要放在这架米床上筛去糠和米碎……

水碓是由碓与臼组成的，它们像一对恩爱的夫妻，形影不离。臼，是用石头打制成的口大底小的器皿，埋于地下，口与地表相平。碓却要复杂一些，它是由碓杆、碓头、碓嘴组成。碓杆是一段约两米长的木头，与地面平行，顶端凿有一个洞，装上碓头；碓头是一根半米长、质地硬实的木头，直径十三四厘米，顶头套着一圈生铁铸的或石头打的牙。转轴上装有一些相互错开的拨板，拨板是用来拨动碓杆的。流水冲击水轮使它转动，轴上的拨板拨动碓杆上的梢，使碓头一起一落地舂米。屋顶上再垂下两条绳索，中间吊着一根横木，横木上，每个碓头的地方垂挂着一个用粗藤做成的套，若是这臼米碓成了，就把碓头包在套上，人就可以蹲下起米了。有些人为了多碓些糠，就直接把谷子放进水碓里，但这样出米也相应慢些。

谷砻的结构和工作原理跟石磨差不多，谷砻由毛竹、树木和黄土制成。砻的外层是一个大小合适、两头空空的筐，在筐的中间要放一个空心的竹筒作圆心。连着这圆心的是一个交叉的木架子，目的是撑住那个筐，然后要把所有空的地方都填上搅和得黏黏的黄泥巴，填上后还要把它们夯得实实的，最后在上面密密麻麻地钉上竹钉。做好的砻再套上用杠杆原理制成的转轴，水车一动，砻也就动了。

谷砻一个小时可以砻出一百斤左右的谷子，砻下的谷米要用风扇扇去一部分谷壳，然后放入碓里让碓去捶打。一碓米要敲打四五个小时，主人还要不时地去翻一翻碓里的米，这样米受打的程度就会均匀。米起出来后，还要拿到米床上去筛，筛去米碎和米糠，这样洁白如玉的米才算显露出原本的面貌。

如今在农村再也听不到那种淳朴的"扑笃——扑笃——"的碓声了，水碓已远离我们的生活，它就像完成了时代赋予的使命一样，逐步退出了历史的舞台。

乡村年味

彭忠富

小时候,我不知道什么是乡愁。春种秋收冬藏,结婚娶妻生子,我觉得我的生活不会跟父母产生太大的偏差。长大后,我离开了那片院落那方土,再也没有回头。我蜗居在城市的逼仄空间里,成天听着南腔北调,吃着东辣西酸,就算再不情愿,也得强迫自己把那些食物吞咽下去。

那时候,我才知道了什么是乡愁,乡愁就是母亲的嘱托父亲的怒吼,乡愁就是房前屋后的瓜棚豆架,乡愁就是奶奶酿造的一碗甜酒,就是年三十的香肠腊肉,就是年初一的鞭炮与乡邻见面"年在你府上"的拱手。

十冬腊月闲人少，虽说地里已经没有什么农活可干了，可是快过年了，得置办年货了。乡村的空气中氤氲着一股躁动的年味儿，大家都忙忙碌碌的，见面也就点个头，而一声"吃了吗"也让人倍感亲切。在乡村，女人能不能干就看她喂的猪的多少了。看着小猪一天天地变成大肥猪，女人们的心里那真是乐开了花，连唤猪的声音都变得格外好听：猪儿呢咯咯……

等到十冬腊月，经过近一年的储备，肥猪准备出栏了。除了杀掉一头肥猪用来晾晒腊肉外，其余的都得卖掉，要置办什么家具电器、一家人的过年衣裤、孩子们来年的学杂费，都指望着这笔肥猪款呢！

肥猪被猪贩子买走后，女人们还要出门送一程，她们在路边捡几块小石子，用围腰布兜着，然后一路"猪儿呢咯咯"地唤回来，最后将小石子放在猪槽里才算完。据说这样，下次喂猪比较顺遂。因为肥猪走了，但猪魂还在圈里，它会保佑这家六畜兴旺，这自然是人们对来年美好生活的一种祝愿罢了。

在川西乡村，每逢过年，头等大事就是杀年猪，腊肉、香肠，可是过年时家家餐桌上的重头戏。没有腊肉香肠吃，哪里叫过年？那些还没有杀年猪的，这时可忙得够呛。原因自然是多方面的，有的年猪没上膘舍不得杀，有的是主人家在外打工还没回来，最主要的当然是杀猪匠忙不过来。杀猪匠是腊月里乡村里的抢手货，他们满脸横肉，穿着筒靴，皮夹克上沾满了猪油味儿。如果你称呼没拿顺，纸烟递得不勤，杀猪匠对你可是爱搭不理的。

杀年猪光靠自己家里人的力量，肯定完成不了。杀猪不仅是个技术活，还得力气大。记得有次腊月初，我家请杀猪匠杀年猪，我们三父子有的扯猪耳朵，有的扯猪尾巴，还有的扯猪腿，杀猪匠一把尖刀刺进去，肥猪负痛一挣扎，就把父亲摔个四脚朝天，吓得周围看热闹的壮汉们赶紧过来帮忙，才成功地把肥猪宰杀了。

乡村里有专业的杀猪匠，别看平时他们都在乡场上出摊卖猪肉，但年时他们可成了十里八村的抢手货，请他们杀猪得预约排队。他们工具齐，光说刀吧，就有杀猪刀、剔骨刀、大砍刀，各种刀的形状、重量都不一样。上挂下钩的铁钩至少四五根吧，还有半卷状的刮毛刀，一般的家里根本没有！就算你有这些工具，也不一定敢杀猪，因为技术不到位，猪血没有放干净，有些肥猪杀得半死不活的满院坝疯跑，那可得出事，这不是闹着玩的。

杀猪匠天刚麻麻亮就来了,一般都是两个人,主人家赶紧给他们递烟、泡茶。寒暄几句,杀猪匠就开始安排具体程序。在院坝里准备一张方桌,旁边放一个直径一米多的黄桶,保证黄桶里面随时都有开水,这是给烫猪刮毛准备的。准备一个瓷盆,里面装一些清水,放一些盐巴,接猪血用。找两三个壮汉,杀猪时帮着按一下,免得肥猪垂死挣扎时出问题。

一切准备就绪,杀猪正式开始。肥猪大概知道自己大限到了,一出圈门就开始嗷嗷地嚎叫起来,后蹄蹬着地不肯迈腿,可是身不由己,耳朵、尾巴被人揪着,不走不行啊!把肥猪拖到街沿上,壮汉们抓住肥猪的一边猪蹄使劲提起来,它就躺倒在街沿上了。两个壮汉死死地拽住肥猪后蹄,杀猪匠用右膝跪在肥猪脖子上,待肥猪挣扎累了稍一停歇,一刀就从猪脖子处刺进去,再缓缓地抽出来。

那真是白刀子进去红刀子出来,猪血喷涌而出,汨汨流淌,主人家端着瓷盆,顺着猪血流动的方向前后左右移动,保证猪血都接在盆子里,然后还得用手在血盆里搅拌一下,使盐水和猪血均匀混合。随着肥猪的叫声越来越弱,杀猪匠在猪肚子上不停地按揉,使猪血尽量都淌出来。看着淌得差不多了,杀猪匠将杀猪刀在猪毛上抹了两下，杀猪才算完毕了。

壮汉们把肥猪抬到方桌上去，旁边的黄桶里，早就装满了开水，估计有八九十摄氏度吧！杀猪匠把开水不断地浇到肥猪身上去，给它洗个"大水澡"，等到肥猪全身都淋完了开水，就开始用刮刀刮猪毛了。猪头上的猪毛不容易清理干净，还得把松香放在盆里用火加热，等松香成了液状，手沾上凉水把松香涂抹在猪头上，再扒下来，反复几次就可以了。大概半小时后，一头白白净净的褪毛肥猪就出现在大家眼前。

然后杀猪匠在一只猪蹄上豁开个小孔，把捅条插进去，抽出来，接着杀猪匠就趴在刺破的猪蹄上，鼓着腮帮子一口接一口地吹气，把猪身吹胖后立即用细绳将口子扎紧，同时用擀面杖之类的木棒敲击猪身，应该是使那些气体遍布全身吧。吹过气的猪白白胖胖，好像一下子大了不少。杀猪匠再次用刮刀在猪皮上走一遍，将那些第一次没有处理完的细毛、毛桩全部清理干净。

年猪宰杀干净后，抬至堂屋家神位前放在板凳上，用刀在猪背上戳三个小口，插上香烛，点燃，以全猪祭祀祖宗神祇。祭后将猪开肠剖肚，割肉成块。除邀集近亲乡邻煮食一顿并将小肠与部分肉留下灌制香肠外，其余腌好入缸储存，到时

144

晾晒悬于屋檐，以备过年待客与自食。

香肠花样繁多，可广味可川味，肠衣里面可以装豆腐块、糯米饭、胡萝卜粒、牛肉块、排骨，当然最常见的还是肥瘦搭配的猪肉。其实杀年猪，晾晒腊货的主要原因就是正月要请春桌，如果没有腊货储备，正月里临时在市场上买新鲜肉，那是很不划算的。因此，我们常常看到，农家腊月里除了腊肉、香肠，还有腊鸡腊兔腊鱼等。一家人光景过得好不好，瞟一眼家里的腊肉香肠就知道个大概。

如果希望腊肉、香肠味道好，自然需要每天在阳光下暴晒。悬于屋檐口下是个办法，可是如果老鼠、鸟儿和猫比较贪吃，那就得劳神费劲了，每天傍晚得收进屋里去，放在箩兜里盖起来。父亲从来不怕麻烦，每天只要太阳好，早晨就在院坝里支两个三脚架，架上搭一根钉满钉子的横木，然后把那些香肠、腊肉一个个地挂在钉子上晒太阳，到了傍晚又把它们收进去。几个太阳过后，腊肉、香肠收了水汽，就变得油光锃亮起来。

母亲也没有闲着，她拿着夹镊子一根根地扯猪毛，特别是猪头上的毛很多，要打整几天才扯得完。母亲常常累得腰酸背痛，可是她一点抱怨也没有，因为这些香肠、腊肉就是我们餐桌上的美味啊！

腊肉、香肠也可以挂在厨房的檩子上，一两个月下来，被炊烟熏得黑乎乎的，可是味道反而更加好了。这是什么原因呢？因为过去乡村都是茅草房，厨房里有两三口土灶，一口做饭，一口煮猪食。一天三顿，灶膛里随时都燃得旺旺的。柴火五花八门，有什么烧什么，最多的就是庄稼秸秆，比如油菜籽秆、稻谷草、小麦草、大麦草。也有冬天剔掉的树枝，比如柏树枝、松树枝、橘树枝条。这些植物各有各的味道，它们燃烧后产生的炊烟对着腊肉、香肠这么一熏，后者的味道就发生了变化，变得更香了。

走进川西农家，你看哪家哪户的厨房檩子上、墙壁上不都挂着一些腊货啊！腊肉、香肠不能做早了，七腐八烂九生蛆，只有进入十月才能腌制。看着墙壁上、檩子上悬挂着的一个个腊货，整个后半年的日子都甜蜜蜜的，因为不缺肉吃了。如果正月后腊货还没有吃完，那就得将它们从屋檐上收下来，放在瓦缸或者冰箱里储存起来。这样等到春天开秧门请人干活时，又可以拿出来吃，那时香肠、腊肉味道更香！

乡村的年味儿就是这样，有着浓郁的烟火气。她丰盈着一代代人的记忆，牵扯着我们内心深处的那根弦，时时拨响哀伤的离愁，让我们对乡村始终充满了牵挂，充满了眷恋。乡愁是现代人的普遍情愫，捡拾散落在身后的乡愁，将它们一一串接起来，于是，我们就能跨越时空，瞬间回到生养自己的那方土地上。

九斗碗

彭忠富

绵竹市西北部属龙门山区,东南部为成都平原的一部分。这里自古物阜民丰,清人李锡铭曾在一首竹枝词中写道:"山程水路货争呼,坐贾行商日夜图。济济真如绵竹茂,芳名不愧小成都。"

成都是四川的美食之都,绵竹既然敢号称"小成都",当然在美食上也有其独到之处。绵竹人是典型的好吃嘴,他们不仅爱吃、会吃,还特别善于做吃的,九斗碗就是绵竹乡村宴席的代表。

在以绵竹为代表的成都平原地区,凡

是红白喜事，包括平时的满月酒、生日酒、上梁酒，甚至春节转转会请春桌，都要请亲朋好来相聚，大吃一番，俗称"吃九斗碗"。称之为"九斗碗"，是因为一般每席有九碗菜。民间视"九"为吉数，有"九九长寿""九子登科""天长地久（九）"等说法。这样的宴席，"九大碗"是起码的标准。当然，也有贫穷人家放七碗或有钱人家放十一碗的。

"九斗碗"可以是七碗可以是十一碗，但绝不能放八碗或十碗。在川西坝子上，喂猪的猪槽一般都是用石头做的，民间相沿，把"吃十（石）碗的"作为骂人是猪的隐语，所以不能用十碗菜来招待客人。而桌上的菜不能摆八碗，则是因为开席的时候一般会有讨口子（乞丐）前来贺喜或哭丧。他们往往打着莲花闹，走到哪唱到哪，见到什么唱什么。由于不管是红喜还是白喜，主人家都信奉"客走旺家门"的道理，对于前来捧场的乞丐，都要热情招待。只不过他们吃的不是其他客人的几样菜，而是一人一碗盖浇饭。这样一来，一张八仙桌，刚好是八个人八碗饭，所以川西民间就把放八碗饭的称作"讨口子席"。因此，"八"与"十"这两个数，是办席必须忌讳的。

中国人待客，对于主宾座位的安排是很讲究的。小时候家里来了客人，不管客人的多少，我们小孩子都是不能上大桌子吃饭的。家里只有一张大方桌，能坐八个人，就算位置没有坐满，我们也只能在小方桌上吃饭。小方桌子只能坐四个人，小方桌、小板凳和小孩子，倒还相配。

有次我问父亲："我什么时候才能坐在大饭桌边吃饭啊？"父亲说："等你长大了就可以了。"可是真等我长大了，那已经是十多年后了。

这时我才明白，大人们不愿意让小孩坐在一起吃饭的原因。乡村办坝坝宴时，小孩坐的那桌往往散得最快，他们三两下就划拉饱了。假如这时你跟他们坐在一起，偌大的一张杯盘狼藉的桌子，只剩下你一两个人守桌子，那多尴尬啊！

乡村农家在安排座位时也是有讲究的。八仙桌如果安放在堂屋里，那么紧挨着神龛的称之为上把位，一般是男主人陪着长辈坐。成都平原的乡坝里，家家户户都有纸质神龛，悬挂在正对堂屋门的墙壁上。堂屋里有神龛，这里就成了家中最神圣庄严的地方，小孩子绝对不能进来打闹嬉笑，免得惊扰了家神。

我觉得从这个意义上来说，有客人时不让小孩在堂屋的八仙桌边吃饭，也是可以理解的。既是对客人的尊敬，也是对神灵的敬畏，一举两得。

什么人能上桌子，什么人不能上桌子，这在号称礼仪之邦的中国还是很讲究的。电视连续剧《闯关东》中，夏掌柜带着朱传杰出去赴宴历练，就明确地讲到了这一点。主人可以入席，而伙计或者下属只能在旁边站着给主人服务，斟酒或者拿毛巾什么的。

上座还是下座，其实这都是中国人讲究长幼有序、尊卑有别的体现。因此排座次就成了一门很深的学问，座次一旦排错了，失礼不说，可能还会让主事者好事办成坏事，那就得不偿失了。

"九斗碗"因其多摆席于农家院坝头，又称"坝坝宴"。坝坝宴最能体现出绵竹人的吃相，但要吃出味道、吃出氛围，那就大有考究了。在形式上，食客要多多益善，至少有十桌才算像样。只要是红白喜事，都会把平时不大走动的亲戚请到。四川人都是竹根亲，一辈亲，二辈表，三辈四辈认不到。平时走动的都是至亲，如果家里老人还在，那么红白喜事也会请那些三四辈的表亲，这样的坝坝宴实际上具有认祖归宗的意味。

1983年婆婆去世，父亲邀请了婆婆娘家的好多亲戚前来吊唁。那些亲戚我们一个也不认识，父亲就挨个介绍，什么辈分、怎么称呼都是有讲究的。婆婆去世后，这些亲戚就再也没有跟我们来往了。这样也好，给乡村人省却了许多人情开支。要不然，亲戚太多，一年三百六十五天，每个月都要走人户，票子遭不住的。

远亲不如近邻，其实邻里关系处好了，比亲戚还管用。家家红白喜事，照例都要请临近院落或者本生产队的老老少少，这样坝坝宴一般都是三十桌左右。实际上，红白喜事也是检验主人家人脉的试金石，如果你家娶妻或者嫁女，仅仅那么两三桌客人，是会被大伙儿看不起的。这样的坝坝宴，旮旮旯旯都是人喊马叫的，碎娃家也多，到处都是他们穿梭跳跃的身影。坝坝宴简直就是乡村的狂欢节，大户人家讲排场，还会请人来唱戏或者放囤子烟花。

热闹倒是挺热闹，但就是消耗的菜品相当多，有时两头肥猪也不够吃，更不用说那些鸡鸭鹅兔了。因此家里要办大事，开年就要请算命先生把日子算好，然后就要养猪、养鸡鸭等，不然庞大的开支负担不起。坝坝宴吃饭如同大兵团作战，因此乡村厨师也不止一位，有专门立灶炒菜的，有负责蒸菜守笼屉的，有负责切菜的，有负责做饭的，当然也有洗菜择菜、洗碗上菜这样的帮工。大家只有一个目的，就是把这次坝坝宴办好。

过去乡村厨师办席桌只带碗筷和炊具，主人家还得四乡八里借桌子、板凳，每家的桌凳还要用粉笔在里面打上记号，写上桌子主人的姓名。坝坝宴都是摆在晒坝里，堂屋也许会摆两三桌。堂屋里供有家神菩萨，有神龛，只有主人家认为的重要客人，比如长辈或者官员，才能在里面用餐，以示尊重。

坝坝宴大部分桌凳都在晒坝里整整齐齐地摆着，大太阳或者阴雨天在露天坝吃饭都不太好，因此主人家还得用晒垫搭棚，牵上电线，点亮电灯照明，这样就可以遮风避雨了，夜宴也能顺利进行。

而现在乡村置办坝坝宴，非常简单，有专门出租篷布和桌凳的，主人家一个电话，就可以给你办得巴巴适适的，你只需要出钱即可。

数十上百人聚在一处，在一阵"噼噼啪啪"的鞭炮声后，于漫天青烟中自由组合，或者按男女的区别，辈分的高低，分散坐于一张张八仙桌旁，伸箸畅食，举杯畅饮。不远的地方，随地而挖的土灶上叠着高高的蒸笼，热气腾腾，简易的案板上堆满菜肴、餐具。腰拴一截油迹斑斑围裙的厨师们飞快地挥舞手中的锅铲或菜刀，一碗碗菜流水一样地端上桌子。

主人家一桌一桌挨着敬酒、散烟、发红包，不停地招呼客人说："请得俨，吃得淡。人手少，菜不好，大家多多原谅，自己照顾自己哦……"

而客人们则会说："只有百客没有百主，你看我们撇脱（大方不拘束）得很，都会自己照顾自己。"

一般说来，碎娃家多的桌子最先散场，他们也就图个热闹，然后就下桌子玩去了。吃得最久的则是喝酒的男人们，喝酒费菜，特别是老年人。他们特别讲礼，拈菜不能连续拈，不能在盘子里翻拣，那是饿痨饿虾的表现，没有教养。拈完一筷子，就开始摆调冲壳子，前三年后三年，陈谷子烂芝麻的事情一摆就是几个小时，甚至可以从中午绵延到晚上。

而年轻男人们则逐渐学会了互相敬酒，敬酒还得来点酒文化，说点理由，要不然别人就不喝。也有在酒桌上就找好了牌搭子的，他们往往草草吃完坝坝宴，就忙着打麻将、斗地主去了。

这就是川西坝子农村吃"九斗碗"的热闹场面。"斗"在四川方言里意指大的容器，用九斗碗来称此场面，也是赞其菜多量足的意思。因为这种宴席的菜品中蒸菜及腌腊较多（都是肉类），行话叫作"三蒸九扣"（锅蒸、笼蒸、碗蒸），故民间又将专做"九斗碗"宴席的乡村厨师唤作"油厨子"。

过去坝坝宴在上正菜之前，会摆放一些干盘子。因为乡村办事多选在冬腊月，这时干盘子的主角就是农家腌制晾晒的腊肉、香肠、腊鸡、腊鸭、腊排骨、腊猪心、腊猪肝、腊猪肚等，还有就是白瓜子、黑瓜子这些炒货。过去走人户，不一定全家人都得去，因此可以包点干盘子回去给家人分享。大家都这样做，已经成为习惯。而现在随着生活水平的提高，包干盘子回家也已经不复存在了。

九斗碗的内容，一般就是农家将现成的鸡、鸭、鱼、肉、蛋，加上时令蔬菜，做成四川的家常菜肴。芙蓉蛋、清蒸鸡鸭、蒸杂烩、甜烧白、咸烧白、粉蒸肉、蒸肘子、宫保鸡丁、韭黄肉丝、鱼香肉片、白油肝片、椒麻鸡块、火爆双脆、糖醋里脊、白汁三鲜、酱烧肘子、姜汁热窝鸡、粉蒸鸭条等，都是九斗碗里比较具有代表性的菜肴。当然了，农家自产的香肠、腊肉、酱肉，更是少不了的。

九斗碗的原料虽然普通，但选材广泛，不拘一格。大多数九斗碗讲究按已有原料灵活做宴席，不根据宴席菜单标准选择原料。九斗碗必须做到原料物尽其用，以实用实惠为第一原则，菜品以味道取胜。九斗碗虽不像饭店里做宴席那样要讲究有工艺菜、有看盘、有雕刻、有盘饰，但绝不能做出来好看不好吃，讲究凡是上桌席的菜都能入口实用且味道适应众口。九斗碗虽说不注重工艺，但像夹沙肉、扣肉、扣鸡、扣鸭等菜仍然是有形有状的，味道极好。

蒸菜放进蒸笼也有顺序讲究，为了避免出现串味现象，按照蒸笼的蒸汽先上升再倒灌回蒸笼底部的原理，要把甜味和无味的放在上层，咸味和有异味的放在下层，如银耳汤、酥肉、夹沙肉等要放在蒸笼的上层，扣肉、鲊肥肠等可以放在蒸笼的下层。由于蒸笼里的菜品是上层先成熟下层后成熟，所以耐蒸的、成熟慢的菜品要放蒸笼上层，容易蒸熟的菜品放蒸笼下层。

农村九斗碗，就是在院坝里用砖头临时砌两口灶，烧的都是蜂窝煤，两口大锅里放了两米多高的两柱蒸笼，蒸笼要防止走气，一旦走气了，菜品就有可能蒸不熟，因此有走气的就要用草纸或者毛巾封起来。

九斗碗以"三蒸九扣"菜品居多，就餐时是以流水席形式，因此出菜速度很快。桌子不大、菜品又多，开席一会儿桌上的盘子、碗就一个一个地堆码起来，蔚为壮观，九斗碗要的就是这个丰盛的效果。九斗碗一般在半个小时左右要出完所有菜品，头排的桌席一般情况下在一个小时内要结束用餐，但那些划拳吃酒的桌席除外。帮忙的赶紧把桌子收拾干净接着摆第二排，让下轮没吃饭的客人尽快就席。

至今成都双流区还流传着这样一首《九碗歌》："主人请我吃饷午，九碗摆得胜姑苏。头碗鱼肝炒鱼肚，二碗仔鸡炖贝母。三碗猪油焖豆腐，四碗鲤鱼燕窝焯。五碗金钩勾点醋，六碗金钱吊葫芦。七碗墩子有块数，八碗肥肉汃噜噜。九碗清汤把口漱，酒足饭饱一身酥。"九斗碗已经成为民歌的内容，其影响力可见一斑。其实九斗碗不仅在成都平原盛行，在整个四川汉族地区，它们都是乡村宴席的代表菜式，只不过内容上大同小异罢了。

锅边馍馍

彭忠富

　　三月梨花烂漫奔放，行走在遵道镇棚花村的山山水水中，那些雪白、金黄、翠绿夹杂着土黄的色块纷至沓来，仿佛置身于一幅淡妆浓抹总相宜的绝佳画面中。

　　美景当然离不开美食，当我们从梨花湾、鸳鸯湖或者仙居岭下来，徜徉在棚花村沿山公路，仿若走在一条乡村美食大道。

　　走得近来，却发现大多已经变成了农家乐。农家乐的宣传广告应该是统一制作的，暗红色的木制招牌上面用中、英、韩文写着农家乐的名字，特色菜品有鸡鸭鱼兔、锅边馍馍、时令野菜、山腊肉等。

到了农家乐，当然就得吃农家菜，这应该是人们喜欢在农家乐流连的主要缘故。如果还是像城市饭店一样比拼菜品高大上，那就失去差异化竞争的意义了。

在这些数十家农家乐中，我发现锅边馍馍是特色菜品的标配，随便走进哪家去问一声："有锅边馍馍吗？"

老板都会响亮地回答："当然有啊，管够吃饱！"在且亭轩、幺妹子农家乐等处，我都吃过锅边馍馍。然而我发现，他们所谓的锅边馍馍，跟我们的传统做法还是有区别的。

譬如今天在幺妹子农家乐，老板端上一盆东西来，说是锅边馍馍让我们尝尝。

我用筷子夹起一块馍馍看了看，馍馍呈卵圆形，两面都有硬壳，送进嘴里嚼了一口，馍馍倒是馍馍的味道，只不过总觉得哪里不对劲儿。

文友周哥说："这不是正宗的锅边馍馍。锅边馍馍，顾名思义，就是贴在柴火灶毛锅边上，一面是焦黄的硬壳，另一面呈面黄色，有些还可看到主妇们贴馍馍时按压的指印。"

周哥这么一解释，大家都觉得言之有理。

锅边馍馍是绵竹乡村的家常面食，虽难登大雅之堂，可却是我们小时候的最爱。

三十多年前，农村没有电饭煲，也没有煤气灶。能够用上蜂窝煤的，已是我们眼中的殷实人家。我们煮饭、炒菜都是在柴灶上完成的。柴灶多用砖砌成，一般三口锅，厨房外有烟囱，一口锅煮饭炒菜，一口锅煮猪食，一口锅坐热水。煮干饭多是滤米饭，先用武火将米锅烧开，待大米还稍有点硬时就用筲箕滤起来，然后再把滤米倒进锅里，垒成半球形，周围掺点水，用筷子插上气孔，用文火慢慢焖熟。这样的滤米饭有米汤喝，米饭一粒粒地散开，特别好吃。

那年月人多地少，粮食经常不够吃，母亲就想方设法地用大米混搭着面粉、蔬菜给我们做饭。那时锅边馍馍和菜干饭就是我们的主食。蔬菜是萝卜、豇豆、南瓜等这些常见菜，通常是热锅打油汤红烧蔬菜，菜汤以刚淹过蔬菜为宜，然后将滤米饭倒在蔬菜上成半球状，最后将馍馍一个个地贴在锅边上，馍馍不需要翻锅，小火慢焖。一会儿，菜饭俱熟馍馍香，我们又算过了一顿。

锅边馍馍金黄金黄的，一面香脆咬得嘎嘣嘎嘣响，一面松软如馒头一样。如果把锅边馍馍掰开，在里面放上香辣酱或者泡菜丝，那又是一番风味。如果家里实在没有米了，这也难不倒母亲，她直接将馍馍烙在蔬菜上。其实这样馍馍会更好吃，因为调料味全部融入馍馍中了。一个锅边馍馍，承载着我们太多的回忆与乡愁。就算离家再远，就算习惯了某些人群的生活方式，但只要看到锅边馍馍，我就会觉得分外亲切。

每年立夏前后，正是绵竹乡村的双抢时节。所谓双抢，就是抢收抢种，地里的小麦、油菜籽要收回家，接着打水泡田插秧。要是错过了节气，就会影响庄稼的收成，农人们忙得脚不沾地。小麦一天天黄了，站在田边，你似乎可以听到麦粒从麦穗上迸射出来的噼啪声。日头很毒，麦地里干燥异常，一点火星就能来个火烧连营。这当然是农人们最不愿意看到的事情，辛苦了大半年，就靠着小春粮食来救急呢。

父亲一天得去地里晃悠几次，他摘下一个麦穗来，揉出麦粒就丢进口里嚼。只要稍微使劲麦粒就能咬开，那就得赶紧收麦子了，不然就会掉在土里肥田了。父亲取下钉在墙上的镰刀，拿到铁匠铺把刀刃磨快了，大清早就把我们吼起来到地里割麦子去。

我们戴上草帽，穿上长衬衣，走进麦地里，蹲下身子，左手抓住五六路麦子捏拢，右手镰刀在麦根处使劲一拉，只听吱的一声,一把麦子就割断了,然后把麦子轻轻地放在身后。估计有一大把了就朝前走几步,很快我的身后就不规则地放上了很多麦把子。

记得在我七八岁的时候,我就下地干活了。

食量大,吃得和大人差不多,不下地干活怎么行呢?

这是父亲说的,在干活这件事上,他从来不溺爱我们,毕竟有人搭把手,这样大人们会轻松一点,还能让我们从小就深知生活的不易。

我们小孩子主要是割麦子,三弟兄你追我赶,起码顶两个壮劳力吧。家里的拌桶是父亲顶出来的,拌桶平时放在杂物室里立着。父亲背对着拌桶站着,双手举起来撑住拌桶两边,轻轻一带劲儿,整个拌桶就斜着扣在了父亲的背上。

父亲顶着拌桶,在狭窄的田埂上慢慢挪动着步子,小心翼翼地来到麦田,这时才能把拌桶放下。远远地我们根本看不见父亲,只看见拌桶倾斜着慢慢朝前挪移。当然顶拌桶是需要技巧的,只有那些庄稼的老把式才会。一般人家,只会在拌桶上套麻绳,两个人用扦担将它抬出去。

所谓拌桶,就是一种木制人工脱粒工具,呈四方大木斗型,四边角上各有一块拉手,麦把子在里面拌,谷把子也在里面拌。拌桶虽然只是几块木板镶起来的一张大方框,但采用的木板十分讲究,必须厚实匀称,轻便耐用。拌桶一般为 4×4×2(尺),多数用两条梿木板作底边,便于拖拉又耐磨损;再用杉木板铺底,轻便而耐水浸;然后用麻柳树板、白杨树板或青木树板作主料镶起来,要扎实精致,做到无丝无缝。因此,不是专业木匠是做不出来的,从请解匠选木料、解木板,到请木匠制作,都要好酒好肉款待,付足工钱。

拌桶拌桶,当然以拌为主。说是拌,其实就是双手抓起麦把子,举过右肩,将麦穗头对着拌桶的一个边角处使劲摔打,先"砰"地打一下并轻压下去,再向里轻翻一下,当"砰砰砰"把麦把子变成"唰唰"声时,麦粒也随之落入桶内。

拌桶的后面插着竹制的挡笆子,这样麦粒就不会飞到田里去了。拌桶底部的左右两边各有一根两头翘的木料,抓着拌桶前部左右两边的拉手,拌桶就可以在田里四处移动了。麦收时节,四乡八里的庄稼地,砰砰声不断,此起彼伏。挨着田的,大家还边打麦子边说点笑话,这样干活也不怎么累了。

割麦子又累又热,如果一直在地里蹲着,站起来时双腿都在打颤,像筛糠似的。麦芒在皮肤上划过就是一条红线,汗水一浸，又痛又痒。

有时我也会朝着父亲发牢骚："爸爸，你看割麦子这么辛苦，我还是回家写作业去吧！"

父亲虎着脸说："这哪行呢！家里几亩地，每个人都得出力。这样吧，麦子收回家，过两天我给你烙锅毯子或者炕锅边馍馍吃，好不好？"

一听有吃的，我一下子就来劲儿了，蹲下身子，一连就是几把麦子，连腰也不想直一下。实在累了，我就躺在割好的麦把子上躺一会儿，接着又继续干。

这里我不得不说一下锅毯子，顾名思义，锅毯子其实就是面粉呈现的另外一种形式的面食，跟锅边馍馍差不多，都是我喜欢吃的面食。

在面粉里撒上适量盐巴、花椒粉、味精和葱花，然后和温水搅拌均匀，如果有鸡蛋液更好。搅拌均匀到什么程度呢？不干不稀的，端起盛面粉的容器倾斜，如果面粉能缓缓地从高向低流动，那就差不多了。

用文火将锅底烧热，可以用手在锅底探一下，感觉到热气逼人就可以了。将菜油倒在锅铲上，沿着锅底的四分之三处缓缓地划一圈，这样菜油就能均匀地布满整个锅里。厚薄不均匀的，得赶紧用铲子耐心地刮一下，尽量使其厚薄一致。这时灶膛里的火苗绝对不能太大，如果太大，就得用火钳压压火头。

面粉糊在高温菜油的浸润下迅速地开始变色，甚至会形成一些气泡鼓包，这时需要用菜刀尖将气泡割破。随着时间的推移，锅毯子散发出一阵阵香味来。用菜刀将锅毯子划个十字，这样就分成了四块，用锅铲给锅毯子翻面，继续在锅里炕一会儿，待到两面的颜色差不多，就可以起锅了。家里人多，一锅不够吃，炕两锅那是常有的事情。

如果锅底没油，锅毯子一会儿就会粘锅从而铲不掉，也不好吃。锅毯子是非常形象的方言，有些地方叫锅贴，感觉还是没有锅毯子生动。所谓毯子，就要完整地铺在整张床上。而锅毯子，则指面粉糊要均匀完整地铺在整口锅里，没有一处空白。锅毯子要想好吃，还得薄，也就两枚铜钱厚吧，太厚了不进味。

锅毯子吃法多种多样，可以在锅毯子里填上凉拌菜，卷起来吃，跟春卷差不多。或者就着稀饭，锅毯子蘸酱吃，也是别有一番风味的。我最喜欢的，还是将锅毯子切成大拇指宽的条形，炒肥腊肉吃。锅毯子吸油后变得柔筋筋的，特别好吃。锅毯子即使是用红酱素炒，取它的酥脆味儿，也是佐酒下饭的好东西。

一些精明的商家，就是抓住了现代人怀旧的情愫，将锅边馍馍经过改良引入了饭店菜单中，没想到成了大受食客追捧的特色，至少我们每次在外聚餐时，都要点上一盘锅边馍馍来解解馋。餐馆的锅边馍馍做法和乡村类似，就是一口浅底铁锅，四季豆或者豇豆之类的蔬菜打油汤红烧，然后在菜上面或者锅边烙上锅边馍馍。

馍馍端上来时，一面是酥黄的硬壳，很有嚼劲，另一面是蒸熟的面团，上面通常还有厨娘的五根手指印，那是故意按上去的，特有乡土味儿。吃锅边馍馍时，最好在菜汤里面多蘸一下，味道更加妙不可言。

其实所谓美食，就在身边，就在我们的记忆中，关键看你是否愿意把它们发掘出来罢了。

现在城里也有小贩用平底锅烙锅毯子出售，技术含量低一些。葱花放得很多，油浸浸的，锅毯子很薄很脆，十来块钱一斤，口味还是很地道的。看来锅毯子这种面食，也开始以小吃的形式在各个城市中攻城略地了。

这其实是件好事，既然面疙瘩、锅边馍馍早就登上了饭店的菜单，那锅毯子又凭什么不可以呢？然而那些城里的好吃嘴们，可否知道农人们曾经收麦子的辛苦？他们所见的，不外乎是轰隆隆的收割机罢了。曾经的镰刀、拌桶，已经离我们越来越远了。

青团

彭忠富

"清明时节雨纷纷,路上行人欲断魂。"断魂也许没有杜牧吟的那样夸张,但忧伤总还是有的。因为这不是耍朋友失恋,也不是做生意亏本,更不是工厂倒闭失业,而是与我们的亲人阴阳相隔。失恋了可以再找一个,亏本了可以东山再起,失业了可以另谋高就,但是亲人一旦离去,那就是永远的遗憾。

幸好还有清明,不然真不知道何处可以安放我们的忧伤。清明前后,乍暖还寒的时节,天空始终灰蒙蒙的,淅淅沥沥的春雨总是不期而至。滴滴答答、如牛毛似花针的细雨，让空气中都酝酿着一种忧伤的情愫，对我们的清明祭祖也是一种考验。可是这点考验，怎能阻止我们回乡的脚步呢？

"清明前一定要记得回来给婆婆上坟哦！"父亲总是在电话里提醒我们，生怕我们忘了这个日子。我当然记得！自从我成家后，只要条件允许，每年的清明都要回去祭拜一番，这已经成了我们家的惯例。

婆婆是1983年离开我们的，那时我才七岁。

那天上午，应该是冬天，我和院子里的伙伴们正在竹林盘里打弹子。

突然母亲慌慌张张地跑过来说："老三，搞快走你婆婆床前去，她想看你最后一眼。"

我一时还弄不明白，懵里懵懂地问道："妈，你说清楚点，为啥婆婆想看我最后一眼？"

母亲生气了，冲过来就给我一巴掌："你这个人咋个瓜兮兮的，婆婆快死了，等你去送终。"

听到这里，我哇的一声就哭了，箭也似的朝家奔去，边跑边抹眼泪："我的婆婆呢，我的婆婆呢？"

等我跑回家，跪在婆婆床前时，婆婆已经不能说话了。我抓住婆婆干枯的手，放声大哭，婆婆浑浊的眼睛死死地盯着我，嘴角咧开，有点笑的意思。慢慢地，她眼睛里的光泽逐渐消失了。

父亲觉得事情不对，在婆婆鼻孔前用手指一探，她已经没有呼吸了。父亲面色凝重，轻轻地用手将婆婆的眼睛抚上，然后在院子里点燃了早就准备好的鞭炮。噼里啪啦的鞭炮声，预示着一个生命就这样离开了我们。

记得我才三四岁时，婆婆却已经八十岁了。堂屋的街沿上，放着一口黑漆棺材，据说已经做好五六年了，每年父亲都要给棺材上漆。婆婆有时就拄着拐杖站在街沿上，看着棺材陷入沉思，似乎在想着什么。

我有次诧异地问道："婆婆，这个是用来干什么的？"

婆婆笑着说："这个嘛，是婆婆将来的房子。如果婆婆老了，离开你们了，就会住在这座房子里。"

我当时不明就里，还傻乎乎地问道："婆婆，你住在这里，我们可就不能见面了？"

婆婆若有所思地说道："人都会老的。婆婆走了，可是婆婆仍然爱着你。你只要睡觉前使劲地想我一下，婆婆就会出现在你的梦中。"

我似懂非懂地点点头，可是仍然觉得非常难过。婆婆走了，谁来给我讲熊家婆的故事呢？

婆婆走了，父亲请来了本家爷爷给她做法事、开大灵，整整闹了三天。婆婆走后，每天晚上我都使劲地想婆婆一下，可是婆婆却从来没有在我的梦中出现过。

父亲说："你没有满十二岁，婆婆不会给你托梦的。婆婆如果在阴间缺钱花了，她会给我托梦，我就给她烧纸去，还轮不上你呢。"

婆婆的坟就在老屋的旁边，尽管老屋已经从草房变成瓦房，但是婆婆的坟仍然没有变样。坟前的万年青已经栽了三十年，长得枝繁叶茂，父亲将枝条仔细地修剪成圆球形，看起来分外美观。我们将坟头上的杂草扯掉，搬来一些新土垒在坟上，在坟的四周撒上白石灰，然后插上香烛，摆上酒水、刀头肉和碗筷，父亲边烧纸钱边说："可以磕头了，有啥话就跟婆婆说吧！"

父亲喃喃自语，不外乎让婆婆保佑我们大家健康平安之类的话语。

我双手合十，在心里默默地说着："婆婆，你的孙儿已经长大了，他再也不怕熊家婆了。请你在天之灵保佑我们一家人吧！"

"乌啼鹊噪昏乔木，清明寒食谁家哭。风吹旷野纸钱飞，古墓垒垒春草绿。棠梨花映白杨树，尽是死生别离处。冥冥重泉哭不闻，萧萧暮雨人归去。"白居易的《寒食野望吟》堪称当时清明墓祭的速写。

清明细雨是离不了的，像那些拜祭人的愁肠，把人们的悲哀情愫凸显得淋漓尽致。这清明雨像牛毛、像细丝，落在人的衣衫上，湿漉漉的，但还不至于无法忍受。如果因为些许细雨就取消清明行程，倒显得阴阳相隔的人们感情薄如纸，那么对于祖先的虔诚与离愁又从何谈起呢？

程颢，字伯淳，人称明道先生，北宋哲学家、教育家，与弟程颐就学于周敦颐，同为北宋理学奠基者。他在《郊行即事》中写道："芳原绿野恣行事，春入遥山碧四围。兴逐乱红穿柳巷，困临流水坐苔矶。莫辞盏酒十分劝，只恐风花一片飞。

况是清明好天气，不妨游衍莫忘归。"

这首诗也是写清明，但是那种常见的阴霾或者郁闷一丝也没有，在诗人的笔触中，清明正是花红柳绿的时节，结伴春游踏青去，切莫要辜负了大好春光。能喝你就多喝点，能跑你就走远点，兴之所至，反正务必图个痛快！

这种积极的人生态度是难能可贵的，谁说清明就一定要搞得凄凄惨惨戚戚呢？除了祭祖归宗，我们还可以吃清明馍馍呢，这可是儿时的一道美食。

提到馍馍，大家一定会觉得这是一道面食。谁说不是呢？在我固有的记忆中，每年春小麦收获后，父亲就要把部分小麦磨成面粉，然后炕馍馍给我们吃，名为"吃新"。把面粉和适量温水反复搅拌，直到面团变得浓稠，就可以炕馍馍了。

首先把锅烧热，把菜油倒在锅铲上，沿着锅沿下划一圈，如此整个锅里就都有菜油了，炕馍馍时面团就不会粘锅。抓一块面团，两手和在一起稍微搓一下，使面团呈圆形，然后"啪"地一下贴在锅里，用手背稍压一下即可。注意火候不能过大，不然馍馍很快就焦煳了，不好吃了。估计一面已经酥黄，就用锅铲翻一下，使馍馍另一面贴在锅里，等着馍馍两面都酥黄时，就可以起锅了。这就是乡村传统的小麦面馍馍做法。

然而清明馍馍跟面粉馍馍其实没有关系，有些地方叫青团，也有叫清明粑的。清明馍馍所需原料是糯米粉和棉花草或者是艾草叶，本地用棉花草居多。糯米粉很简单，将糯米用面粉机打成粉即可，就是俗称的汤圆粉，当然也可以用石磨推出来，但是费劲费事，就看你有没有那闲情了。何况作为石器时代的遗存，要找盘石磨，也不是件容易的事情，至少在城市，这已经成为一件稀罕物。

棉花草又称清明草，一年生草本植物，多长在田埂沟坎边，白色的茎，青绿的叶，肥嘟嘟地贴着地面。叶子狭长，背面灰白，细细柔柔的茸毛附着一层密密粉状的东西，如披霜雪。叶片中央，一簇淡黄的花儿静静地绽放，花细小，只有米粒大小，但却素朴、淡雅。

清明时节，山坡上，田野边，到处都疯长着棉花草。在饥荒年代，据说棉花草挽救了许多人的生命，毕竟这样可以吃的野菜还是比较少见的。不过我觉得，棉花草其实是专为清明而生的，它丰满着国人年复一年的清明记忆。

母亲就曾告诫过我，清明时节一定要吃棉花草，吃了肚子不会痛。但是否真有其事，没有考证过。这就和端午节那天百草都具有药性的说法差不多。

棉花草采摘回家后，择去黄叶，洗净泥沙，放在开水里焯一下，再用清水漂一漂，细细地切碎。然后把棉花草和糯米粉混合起来搅拌均匀，呈浓稠状，当然还可以加上温开水、鸡蛋液和白糖。最后选择适量面团放在平底锅里油炸，待两面变得酥黄就可以起锅品尝了。这种清明馍馍滑嫩、清香、焦脆，特别是其中的棉花草，给馍馍增色不少。

当然清明馍馍也可以换种形式出现，那就是在笼屉上蒸熟，只不过馍馍里面要加入馅心，这就有点像包子了。馅心看个人喜好，母亲喜欢用蕨苔炒腊肉粒做馅心。如果棉花草混合得比较多，那么蒸熟的清明馍馍就像碧玉一般，盛在盘子里端上桌，简直就是艺术品，使人根本不忍心下口。

清明馍馍蒸也好，炸也罢，不管怎样折腾，反正都是祭祀祖先必不可少的食物。

我觉得，清明馍馍承载了中国人对离世亲人太多的思念和牵挂，承载了中国人若干年积淀下来的文化基因。小小的一个清明馍馍，意义可不小啊！

清明前后，栽瓜种豆。你看天边掠过的杜鹃"布谷，布谷——"正给人们发出播种的信号呢！这是一个播种的时节，安放了我们的忧伤，还得播种我们的希望，放飞我们的梦想。

木板桥

杨晋林

村中有座木板桥，玲珑而简约，宽不足两米，长不过十余步。

小巧的木板桥下流淌的既非江河之水，亦非溪水、泉水，而是一条浑浊的灌渠水，灌溉着沿渠两岸十几个村庄几万亩良田。

灌渠中有水的时间少，无水的时间多，一年中可见的几次开闸放洪，渠水宽宽荡荡一泻而下，倒也壮观，却从来不会泛滥到不可收拾的地步，永远保持着平缓的流量和流速。

灌渠穿村而过，把村庄一劈两半，村民惯称渠南为前村，渠北为后村，木板桥是连接前后村的交通枢纽。柳木桥板，榆木桥桩，用工字型的铁巴钉箍起来，一般只供行人和自行车来往。偶尔也有人力板车隆隆碾过，桥身就会发出不堪重负的呻吟，那种空空的声音一直持续到车辘辘离开桥面为止。

渠堤很高，几与房顶持平。任谁站在植满垂杨嫩柳的土堤上，都有一种成就感，平视着前村后村谁家房顶上晾晒着的红枣或是包谷，虽然不能据为己有，也能一饱眼福。渠堤很宽，并排走两辆驴车一点问题都没有。多少年了，灌渠两侧的村庄早拿渠堤做了出行的通道，我姥姥六十多岁时还骑一辆单车从邻村来我们村看我母亲，走的就是灌渠的渠堤，在一段较狭窄的地方被穿堤而过的一只野兔吓了一跳，这一惊非同小可，姥姥连人带车摔进渠里。当时正值春灌，渠水滂沱，姥姥在水中一上一下地向下游漂去，后来被一个放羊人捞出来才捡回一条命。姥姥临终前还念叨那个放羊人的好，只是只字不提那道灌渠。

灌渠全称叫广济灌渠，长约六十公里，源头是三家村附近的滹沱河。最早的广济渠自清乾隆初年就废弃了，其间屡有官员士绅倡议修复,却因"该渠界连三属,人民众多,此争彼阻,容易酿成械斗重案……几朝均禁开渠"。1912年,革命党人续西峰,想起了在老家兴修水利。在他的主持下灌渠得以重新开修。

"渠开广济福黎烝,泽被三县田万顷,杨柳成荫丰穰日,应念郑白开山公。"

多少年过去了,广济灌渠为沿岸百姓带去了数不清的财富。抚今追昔,感怀先人丰功伟绩的却寥寥无几。我们从木板桥上经过,浑然不知脚下的流水还曾发生过怎样离奇曲折的故事,反觉得渠水原本如此,理应如此。我们把广济灌渠称作大渠,渠堤之高、渠道之宽非一般灌渠所能比拟。有渠就必然有桥,独木桥、木板桥、石拱桥、水泥大桥都属于灌渠的附庸。

就村中的木板桥而言,真的没什么可说的,就是简简单单一座木桥而已,孰修孰建算不得什么科学疑案,造桥的工匠肯定没有李春或鲁班爷出名,一目了然的构造更无一点科考价值。前村的社员每天要去桥北出工或采购生活用品,后村的社员也经常带孩子去桥南的大队部看电影、看样板戏,每一天有多少人要同木板桥打无数次交道，低头不见抬头见，见惯了，走熟了，闭着眼也能从桥南跑过桥北，不怕失足掉下去。

小时候，我也曾闭着眼摸索着走过桥面，心有余悸却满心欢喜，好像做了件很了不起的事情。木板虽然有的地方隆起或陷下，但它传递给脚底的感觉始终是细腻的、柔韧的、敏感的，它让走在上面的人产生一种虚幻的优越感。其实往东行半里地还有一座石桥，石桥结实而宽阔，可以行走三套以上的马车，可以行走砰砰乱跳的拖拉机，但村里人都喜欢颤悠颤悠地在木板桥上走。

应该说生长在江南水乡的孩子可以猫一样地卧在祖母温暖的怀抱里，谛听祖母哼唱"摇啊摇，摇到外婆桥"的歌谣，而与江南相隔万水千山的北方儿童，是难以品味这种来自淅沥梅雨中的歌谣所抒发的独特意境的。我们村里横躺着的大渠里即使天天灌满滔滔洪水也撑不起一条瓜皮小舟，逼仄的渠道里也永远看不到身穿竹布衣衫的少年驾一只箭一般飞快的小船来找外婆桥前的青石码头。木板桥不是外婆桥，木板桥上走动的多是些皮肤粗糙、骨节粗大、说话瓮声瓮气的北方汉子或婆姨。这些红脸汉子在迎娶这些婆姨时也照例是从木板桥上从容走过的。木桥狭窄，容不下一乘轿子或一辆马车或一辆四缸四轮的小轿车，新人也无一例外要徒步走过木板桥，当然喧闹的唢呐、缤纷的爆竹都会为木板桥增添无尽的欢乐和喜庆。而新人绵软的绣鞋踏在桥板上，是听不见任何声息的，就连木桥也懂得怜香惜玉。

我们那时候的学校是建在后村的，学校背后就是大永安寺。一至三年级班主任都是同一个人，记得老师姓温，是个女教师，就住在前村，教龄很长，个子也很高，说话比较直率，伶牙俐齿的，铿铿锵锵的对谁都不留余地，就跟她走路一样风风火火，速战速决。因为老师的缘故，贪玩的我却很少在木板桥上露面，尽管木板桥是那样地令人着迷。

有时也偶尔走上去，不自觉地会加重脚底的力量，似乎不如此不足以体味木板桥的弹性和韧性。我们通通地从北往南跑过去，在剧烈的颤动中感受桥身上下的波动，那种波动有如流水般传递到我们身上来，很舒畅也很刺激。

木桥很老了，有些地方修补过好多次，修桥的老人肯定是不在这个世上了，不在就不在吧，这些都不重要，重要的是它仍然成为前村后村不可或缺的交通纽带。没人想到应该把木桥换成水泥大桥，人们日复一日地从南走到北，从北走到南，习惯了它的宽度，也习惯了它的颤抖，甚至那种空空的声音都已变成了音乐。

尽管大多的时间里，桥下并没有流水，只有砌成梯形的石头渠槽，只有冲积成鱼鳞般的累累细沙，还有一些风刮进去、人丢进去、上游冲下来的杂物。从前的渠槽一定平坦如砥，直到被一次次洪水冲蚀得百孔千疮、沙沉石起，桥下排列着一大片各种形状的碎石。如果是夏天的正午，站在木板桥上可以看见不远处有光屁股孩子在一米多深的积水里乱扑腾，谈不上游泳，只能算作冲凉。危险是来自开闸放洪的时候，有不知深浅的孩子经常出事，木桥下面就曾淹死过一个六岁男孩。男孩刚刚还在细沙上码房子，突然洪水呼呼地泄下来，眨眼间渠水漫过了他的腰身，和他一起来的伙伴们纷纷向渠堤上爬，他被一个浪头打倒了，打倒以后就没活着爬起来。隔了三年，孩子出事的地方又淹死一条狗。狗应该是会泅水的，但那狗的确是死了，肚子胀鼓鼓的，盛满了苦涩的黄汤。

渠堤干燥而瓷实，被难以计数的脚印或蹄印不规则地踩踏成现在的样子，坚硬的地方堪与混凝土媲美。等到雨天，木板桥迷蒙在霏霏细雨里，桥身被淋得黢黑，这时的木桥加重了分量，像一个怀胎八月的孕妇迟滞在风雨里，人若走上去，会发出闷闷的钝响。雨水顺着桥板的裂隙渗入渠底，水帘洞一样的壮观。下雨天的课堂上我习惯走神，为此，没少挨温老师奋力掷过来的粉笔头。

也是雨天。我们班马鸣的姐姐骑一辆自行车从桥上驶过，看见迎面冒雨跑来一个后生，心里一慌，车把就不由自主往渠里崴，也是那后生眼疾手快，一把给拦腰抱住了，自行车掉了下去，人却没出事。时隔不久，马鸣的姐姐竟然嫁给了那个后生。这事在学校里传了很长一段时间，好多不认识马鸣的老师和同学都跑来向马鸣求证，马鸣就把故事原原本本再说一遍，也没什么新内容，可老师和同学们都听出了新鲜感，有人猜测道，说不定木板桥是月下老人变的呢。

渠堤上的柳树在春天的时候会飘扬起一团一团雾一样的柳絮，桥上到处是乱蹿的绒毛，欢快地随你的鞋底跑，谁也不留意它们，谁也不珍惜它们。柳絮落完了，柳芽吐出了新绿，一年的好风景又开了头，随便站在哪个地方，透过夕阳的余晖看木桥，青色的、粉色的氤氲模糊了木桥的线条，朦胧中有着女儿般的阴柔与娇媚。倘若桥下尚有流水,波光潋滟中的木板桥,简直就是一幅画了。

而夏天和秋天呢?身穿汗衫的男劳力肩扛着大袋谷子从桥上沉重走过,女社员则挎着一篮子蔬菜说说笑笑走过,年轻人脚步轻盈,老年人步履迟滞,只有上学下学的孩子夹着书包啪啪地跑过去,当然还有四平八稳的牛和乱哄哄的羊群。

冬天的木板桥上少有积雪,村人都在用心呵护着桥面,但也常有照料不周时,积雪没来得及清扫,又被早起的路人踩瓷了,只能等太阳出来后融解。不久,你会发现融化掉的雪水在桥板下垂挂成一排冰溜子,晶莹且透明。常有胆大的孩子弯下身子去够冰凌,咬在嘴里嘎嘣脆,透心凉。

四季在不停地轮回,这是木桥一年一度的流程。

有一段时间,木板桥有一段桥桩朽烂了,桥面中间部位也出现了明显的裂痕,桥身整体呈倾斜趋势。人们过桥时无不忧心忡忡,只是没人提议这桥该修一修了。

人们依旧各干各的事情,桥上依旧川流不息地过人过牲口。它咿呀不绝的呻吟保持着淑女温婉的风范,无怨无悔,任劳任怨。

温老师在一个无月的晚上，下完晚自习从桥北往桥南走，她一如往常那样哼着歌，风风火火地过桥，轰然一声巨响，桥垮了……

温老师的家人发现她时，已临近子夜。

……

不久，一座结结实实的水泥大桥在木板桥的旧址上修通了。新桥落成那天，村长请来许多上级领导剪彩，拱门高悬，彩旗飘扬，场面宏大，激动人心。

北路梆子

杨晋林

郭沫若看过北路梆子后忍不住击节赞道:"听罢南梆又北梆,激昂慷慨不寻常。"

其实,声腔艺术的最高境界,不是高山流水、巧遇知音,而是发轫于天籁,还原于自然。而我很难从现实的流行音乐里捕捉到北路梆子丝丝入扣的唱腔和舒展悠扬的慢板了。也许是对时尚的不适应吧,虽然我一直生活在北路梆子的发祥地,生活在这片广袤而坡岭沟坎层出不穷的黄土地上,这里依然是北方仲夏的田园,依然是北方充满山曲野调的青纱帐,然而曾经散发泥土清香、俚音十足的梆子腔却如同家门口那条滹沱河一样，几近断流。

我的北路梆子啊！

应该说，那是一条禁锢在我心湖里蔚为壮观的声乐之河。多年来，在每一个寂寞的晨昏我都要打开缄锁心湖的直棂窗，一任那浩荡的声之水、乐之波、韵之涛、律之浪拍窗而入，浸沐我的全身，我会在北路梆子激昂的旋律里迎来日出，或送走落日。

可能是一幅厚实的大幕里泻出的动听的梆胡的委婉，可能是老槐树下兀自妙曼起的一串高玉贵式的清唱，可能是木制的老式戏台上浓缩了的一段水步过场。极简约的形式却奔腾出一片音乐的潮水，肆意挥洒在上一辈人驻足过的土地上。侧耳聆听那一阕清爽的须生花腔吧，它正要穿透山间的明月、林中的艳阳，如同大江的碧波向每一扇关闭的心窗滂沱涌来。我的那些淳朴善良的先人们，无不在这亢奋的声浪里把粗糙的日子过滤出细腻的遐想，尽管那时候的生活只是一碗缺盐少醋的莜面河捞饭，尽管唱戏的青衣要为果腹暖衣而吼破天……挺括的蟒袍，横陈的玉带只代表精神境界的最高庙堂。从前的"狮子黑""金兰红"和从前的"九岁红""云遮月"把这一出融汇古今人物的"上路戏"倾注进音乐的浪涛里。

很显然,北方的风花雪月里从来都不欠缺丰润的色彩和明快的动感。仿佛一层由远及近的细浪凝重推来,其源头既非江河,也非高山,而是农民脚下的一方泥土,鲜活得好似四弦弹出的一片跳跃的音符,华丽得好似美人婆娑的裙幅,激越的好似黄河之水天上来……有时,一阵有板有眼的流水过后,宛如几个慈祥的老者袖着两手静坐在背风的门洞里悠然笑谈年景,于是那一汪音乐的江水越流越长,越流越有韵感,有了厚重感和沧桑感,有了超乎想象的跌宕和迟缓;有时,那音乐之水如一束巨浪扶摇而起,触到了天之眉骨,其状"若垂天之云",竭尽了狂飙的奔腾激越之势。戛然间,河水退去,声浪顿消,大幕徐徐落下。

通常,在葱绿的黄土高原,一个其貌不扬的后生也许会突然吼出一声"秋去冬来梅花放,阵阵春意透寒窗"的慢板高腔;一个坐在廊檐下折豆角的女人也许会轻哼上几句"我要上一两星星二两月,三两清风四两云,五两火苗六两气,七两黑烟八两琴音"的流水板。在这里,你越来越接近北路梆子的故里,一脚不慎可能就踩出一声嗨嗨腔。

老辈人说，上路戏生在蒲州，长在忻州，红火在东西两口，老死在宁武朔州……

在宁武朔州的沟沟汊汊里，你忽然听到一串流利的滚白，一串高亢的花腔是不足为怪的。

但是，"三顾园"散了，"五梨园"倒了，"成福班"也关门大吉了，北路梆子慢慢消失在绵绵的山梁后面了，而许多许多北路梆子的票友却没有任何的思想准备，就像青梅竹马、耳鬓厮磨的邻家小妹突然坐上了别人的花轿……

我的北路梆子啊，那是我心中永恒的圣音啊！我一直认为北路梆子是中国戏曲领域最具活力的典范，甚至敢断言除了北路梆子，其他任何一款戏种都难以承载它的浑厚和酣畅。比方旋律散漫、濒于说笑的二人转，多少沾染了白山黑水的滑稽和调侃；比方八百里秦川上粗犷豪放的秦腔，十三门角色轮番登场，热热闹闹诉说的不过是一段渭水河畔的岁月艰难……仅此而已。也许，最具活力的中国戏曲不单是国粹京剧，也不单是迤逦温婉的昆曲，也应该有黄河流域酣唱了几百年的北路梆子的一席之地，甚至它的母本晋南蒲剧都不能望其项背。

在中国的北方，在黄河与长城拱臂包举的苍茫空间，它是一股湍急的大江之水！在它落入黄土地的一瞬间，已注定它的命运将与这块土地同生死共枯荣。在它肆意流淌的地方，冲刷出一片片碧绿鲜红的青纱帐；在它袅袅走过的地方，会有一乘泥红的小轿流水一样飘出朱漆大门，然后一个身穿彩衣彩裤的女子轻烟一样尾随在轿后，摇曳出婀娜的一溜水步；接着是一串欢快的板鼓，一串清脆的倒板，风摆柳样旋出如水的圆场。

弦起琴落，岁月又婉转吟唱了几十年。

很久了，那一汪音韵醇厚的浪花，恣意飞扬在黄河与长城交织的山形地貌间，溅湿了黄土地厚厚的一本史籍。或许是从元曲的曲库里汲取了丰厚营养；或许是从宋词的婉约里嫁接了淳美意象；或许是从盛唐奢靡的歌舞里遴选了朝衣出水的媚艳；或许是从秦汉野蛮的祸乱里效仿了快刀快枪的铿锵；或许什么都不是，它就是从田园牧歌里抄录了几段音律和仕女的嬉笑与缱绻……马锣、梆胡、战鼓；花腔、介板、倒板……

这是北路梆子抑扬顿挫的魂魄呀，这是北方人民耳熟能详的一阕天籁。

也许北路梆子只适宜生长在北方，这北路梆子恣意流觞的北方啊!

百年以前,或者更远的时候,苦难的北方就把它捧上戏楼,那些被称作舞亭、舞楼、乐楼的古戏台上经常上演着秦香莲、秦雪梅、穆桂英式的悲情故事,这样的故事与野地里凄凉的二人台、孤单的爬山调共同滋润着乡民们缺油少盐的生活。

当年的古戏台上梆腔激越,弦歌嘹亮,古戏台下万人瞩目,人头攒动,那是怎样的动人心魄,荡气回肠啊。我不知道那些台上唱戏的艺人,那些台下看戏的观者,各怀怎样的一种心情,但我知道他们是用心来唱和用心来听的。

北方的梆子戏就是这样深入人心。

我父亲说,他还是青春年少的时候,是村里出了名的戏迷,经常跟着戏班走村串寨,日本人打进忻口关那一年,他熟知的几个戏班却都消失了,就连县城里颇有名气的万庆园也挂起"经营不当,欠薪歇业"的牌子,十六红、小电灯、高玉贵、二虎旦、赛八百、贺三黑等人都各奔东西。父亲就像断奶的孩子一样,成天魂不守舍。不久,从崞县传来消息,那个曾与九岁红同台献艺的十三旦,在老家被人枪杀了,年少气盛的父亲直奔东山,他要为死去的十三旦报仇。路上恰逢几辆给游击队送军粮的马车,赶马车的汉子忽然吼起了《翠屏山》,他唱的是杨雄醉归的一段,穿云裂石,字正腔圆。父亲禁不住叫一声好,赶车的汉子笑道,你小小年纪也懂戏?父亲说,听戏还分年龄?那人听罢哈哈大笑。父亲怎么也没想到,哈哈大笑的不是别人,正是他久慕其名、访而未得的九岁红高玉贵……

一定是保德州的山药蛋颐养着胡子生厚实宽广的音腔;一定是神池县的胡麻油滋润着青衣正旦如莺百啭的歌喉;一定是五台山醇厚的佛音教化了小丑的插科打诨;一定是雁门关乖戾的风声激荡着大花脸的长拳短打……以至于连年战争也未曾将北路梆子的艺术消弭。1946年,定襄城一解放,赶马车的高玉贵就四处奔走,收拢诸多歇演的艺人,在旧县衙前的老戏台上为家乡父老排演一出《逼上梁山》,玉梅红演林冲,青衣焦能通演林娘子,他自己反串白脸高俅。

在定襄,说起九岁红高玉贵来,上了年纪的人都能回忆起当年那一场戏。劫后余生的乡亲们,听说高玉贵要搭台唱戏,都携着板凳静坐在三间门脸的戏台下,单等那开场锣通通堂堂敲起来,人们的脸上重新焕发出对生活的热爱和希冀。那一天,台上唱戏的使出浑身解数,台下听戏的禁不住喝彩连天,台上台下你唱我和，艺人们的一招一式，观众都能道出子丑寅卯来……老人们说，那场戏唱得真是好，可惜就唱了一天。戏班是被卷土回来的晋绥军冲散的，城里城外枪声大作，逃难的人群里，北路梆子四大坤角儿之一的玉梅红孔丽贞不幸被一颗流弹击中……

北路梆子啊，你尽可以忘记那些万人空巷带给你的激情和欢愉，唯独不可以忘记你一路走来的坎坎坷坷，还有血，还有泪。

山乡庙会流水板整天不息，村镇戏场梆子腔至晚犹敲，这是写在古戏台上的楹联。北路梆子的戏班从来都是一股活水，流到哪里算哪里，四海为家。早年间续西峰在崞县西社村成立了两个戏班，一个叫大班子，一个叫二班子。他选的角儿也非同凡响，十六红、十八红、八百黑、九百黑、滚地雷、养元旦、白菊花……能唱能打也能忽悠台下的老百姓，他们除了给西社人唱，还要收拾起锣鼓家伙远赴宁武大同，搅和得关里关外风生水起。

我的北路梆子啊，你是一片烟波浩渺、孕育横澜的湖泊吧？在你微波不兴的湖底下，有暗流鼓荡；你是萦绕在田埂上的一曲天籁吧？一边是庄稼地，一边还是庄稼地。唱戏的不拘是敷彩画面的艺人，也不拘是荷锄执担的农民，那一嗓透彻云霄的高腔下是东家葫芦西家瓢的五味杂陈，乡村的日子可以拒绝富贵和荣耀，却不可以拒绝抑扬顿挫的上路戏。《王宝钏》《血手印》《李三娘》《访白袍》……一幕幕古色古香的戏文是乡村永难背离的生活况味。梆子一击，锣鼓一敲，嘈杂喧闹的戏场立刻鸦雀无声。青衣上场，须生下场，老旦登台，花旦下台，流水一样来去，喜为前人喜，忧为前人忧，唱戏的不觉得怎样辛苦，看戏的反哭成一片笑作一片了。听戏的慢慢听了进去，兀自觉得自己变成穿戏装的古人，以为是怀才不遇的相公呢，以为是抛绣球的公主呢，以为是《十五贯》里的娄阿鼠呢……然后，乡村的天空也古旧古旧的，如铜镜里的模样。

北路梆子啊，从你诞生的第一天起，你就打好了油彩，戴好了髯口，在弦胡笙管乱弹的声浪里粉墨登场了。手擎金瓜，背倚罗伞，滴溜溜一个筋斗云落在台上。仙袂飞扬起唐室的朝衣艳舞，箭板敲击出万马驰骋的大场面。昂扬挺拔的彩腔，清晰稳健的道白，出神入化的水袖，炉火纯青的坐派，不正像滹沱河涣涣的河水有时泛滥有时温婉吗？于是，婉转的旋律，高亢的嗓音充斥着我们生活的每一寸空隙,包括吃饭和睡眠,包括我们生命的始与终。

多少年来"金水桥"下喧哗的护城河一再漂洗着闵子骞的"芦花"寒衣;"五雷阵"的清脆铜音也总能惊扰埋头算粮的王宝钏。原本就是北方农家炕头茶余饭后的一种享受;原本就是辛酸岁月混沌人生的一种额外补偿。无论夹生野草的青石台阶,无论黄泥滑溜的田间小径,无论麦场,无论井台,眼瞅着七品县令变成断案包公,摇旗的卒子,打扇的宫女,咿呀啼哭的秦香莲,吹须瞪眼的太师爷,都闹嚷嚷顺着百年老墙的裂缝,飘逸到今天的水泥阳台上,时光蓦然老了,老成一缕过眼云烟……

当年看戏的小子摇身一变成了听戏的老翁,老翁含糊不清地说他再也看不到北路梆子了,只能抱着戏匣子听。老翁说,如今什么都好,唯独不该把北路梆子给唱没了。这样的话是有道理的,老翁说他年轻时候唱戏的名角儿可真多啊——金兰红、云遮月、水上漂、小电灯,还有后来的二梅兰、狮子黑、白菊仙、筱金凤……可惜一个一个都走了,改行的改行,老掉的老掉,也有实在唱不下去的,再入戏的艺人也不可能永远生活在台上，台下的忧患远比戏台上丰富得多。对于北路梆子的生存，年轻一点的艺人最有发言权，只是他们大都改唱流行歌曲了，也有夹杂在响器班子里跟人跑事宴的，喜宴上唱《算粮登殿》；丧宴上唱《三上轿》……唱着唱着有人就提议来一段《天路》吧，来一段《青藏高原》吧。

……

我父亲今年八十有五，他念念不忘的还是当年那个赶马车唱《翠屏山》的高玉贵。父亲说他曾唱着高玉贵的《访白袍》肩挑一副扁担奔赴解放太原的最前线，尽管很快就被一颗流弹打残了左腿，但他依旧在家乡的土地上嗨嗨了几十年的慢板花腔，那是一个忠贞不渝的票友剥去戏衣后的精彩清唱啊！我深情地回味着这一段父辈们传承北路梆子的坎坷岁月。

北路梆子啊，在我空白的心页上落满你大段大段的滚白，还有你曲折的弯调、流利的夹板，但北方的黄土地毕竟生疏了你浑如黄河一样放纵的声涛乐浪，那一群骨骼粗大的庄稼汉们再也吼不出属于高粱地的纯正的嗨嗨腔，小电灯的光彩黯淡了，九岁红的绕梁之音间断了，宫莺百啭、罗袖曼舞的金兰红也老死在了宁武朔州……

在送走小电灯、九岁红、金兰红之后的日子里,酣畅淋漓的北路梆子似乎成了绝响,但我相信,总有那么一天,这块民族声乐的璞玉会重放光彩,无论经歌喧嚣的台怀佛地,还是旧貌换新颜的雁门故关,一定会重新唱起响遏云天的北路梆子,并且经久不息……

麻纸的光阴

杨晋林

乡间的院落大都是土筑的，光阴洒落在堂屋与厢房之间，纠结成太极图一样的蛛网，每一排屋檐下黑色的椽头，无一例外裂着放射状的口子，檐下的燕巢旧了，却有新的燕子飞进飞出，呢喃着寄人篱下的细语。再往下看，一定是方格木棂的晴窗了，晴窗上糊有上一年的麻纸，已显陈旧，倒是色泽淡红的剪纸还透着过年的气息。

这是三十年前，或者二十年前的乡村。这时的老人已近暮年，穿戴仍是老旧的样式，斜襟马褂，满裆裤子，裤脚用粗一点的猴皮筋扎紧。老人起床后的第一件事不是倒尿盆，而是扫院子。院子不大，但老人清扫的区域令人疑惑，他只扫东半边，西半边似乎不归他管，从南房檐下的井台扫起，扫过石板拼砌的罗柜，扫过蒸麻的锅灶，扫过街门口的碾槽，然后放下竹秸编的扫帚，从内衣兜里摸出一把半尺长的铁钥匙，打开东厢房的木门，一股麻纸的霉味儿像一群淘气的小猫小狗争先恐后地从屋里涌出来，在院子里打滚儿撒欢儿，爬墙上壁，为所欲为。那是老人喜欢的味道，你不想闻也得闻，旁人没有话语权。接下来差不多整整一个上午，老人就待在这破破烂烂的厢房里不出来，外人不知道他在做什么，只有他的儿子清楚，但他儿子明显对他的行为有所抵触，他不屑地跟外人说，管他呢，七窍迷了一窍，就知道那堆废纸了。也是的，老人能做什么呢，腿不灵便了，手不灵便了，只有心事沉甸甸得放不下，放不下就只好日复一日地捣鼓那些破烂，无非是摊晾一堆无人问津、逐渐霉变的白麻纸，无非是用清水洗涤那些被称作捏尺、竹帘、闷楞架、夹壁板、和尚斗、洗麻圪朵、搅涵圪朵、依托板子之类的制麻工具，深陷地底的涵池里没有纸浆，挤压麻纸的大油子和小油子被长久搁置在角落里，除了一个忙碌的老人，一切都在尘封的拥挤的寂寞中。

其实，麻纸早在三十多年前就不那么珍贵了，而且开始逐渐贬值，到了二十多年前，几乎就成累赘了。村民新修的房子装潢材料选择的是大尺寸的玻璃，顶棚也不再用黑麻纸裱糊，而改用PVC或石膏板。类似老人开的纸坊原来在村里还有好几家，因为没有了销路，一家挨着一家关门歇业了，按讣告上的话说就是寿终正寝。

老人的幻觉似乎就是从这时开始的，他一天到晚耳根都不能清净下来，总听到别人家的纸坊又在洗麻了，又在碾麻了，又在搅涵了，又在抄纸了，只有他家的纸坊打着瞌睡，呼噜比猫都响。几天前，儿子把搅涵圪朵往涵池里一丢，头也不回地走了，说要进城去打工，老人急也没办法，脚长在人家腿上，你又不能把五大三粗的儿子捆在纸坊里。儿子是纸坊的大师傅，专门负责搅涵和抄纸，大师傅一走，等于唱戏缺了须生，锣鼓点再紧凑，也不成为戏了。雇来馏麻搅涵的二师傅也因为涨工钱的事儿闹开了别扭，几句话不合，拍打着屁股走人了。只剩下赶毛驴碾麻的瘸子，瘸子没别的手艺，本想靠老人的纸坊养老，偏偏事与愿违，临走的时候还依依不舍地吩咐老人，啥时候开工喊他一声。

只有老人孤独地照看他的纸坊，一遍遍用抹布擦洗着已经从门头摘下来的牌匾。老人是文盲，斗大的字不识一筐，但他认得牌匾上的字——德和园，这个名字还是村里的一个秀才给起的，花去他们家一斗麦子，外加五块白洋呢。老人摩挲着阴刻在黑底红木上的金字，想象着当初德和园的兴盛，恍然觉得时光倒流了，他看见一个精瘦精瘦的小男孩在碾房里吆喝着一头毛驴，毛驴拉着扁圆的石碾，恒久地围着碾槽旋转着，有时碾干麻，有时碾蒸熟后的麻浆，赶碾的孩子别看鼻子下还拖着两股清鼻涕，挺着肚子唱赶碾歌却一点都不含糊——南面来了一个人，头上罩的是红手巾，上身外套个毛背心，下身穿的是灯芯绒，走起路来挺带劲。

老人的纸坊占用了东厢房，除此之外还占用了这个院子的一半，说是一半，其实比一半还多，因为提水的井台正好位于院子中轴线的偏西一侧。这在早年纸坊红火的时候根本不算个事儿，但纸坊关门以后就算个事儿了，儿子不能说什么，儿媳妇跟老人没有血缘关系，自然说话比较直接，她首先提议要老人同意把那口井填掉，说自来水都通进厨房了，留那口井干啥？孩子淘气，万一哪天不小心滑进去怎么办？老人不吭声，不吭声就是不同意，不同意就是没把孙子的安危放在心上。从此儿媳妇怎么看那口水井都觉得是个祸害。

　　老人晚上睡不着，听见纸坊里有动静，趿拉了鞋跟儿趴在东厢房的窗台上用手电往里照，黑咕隆咚的什么也看不清，就找钥匙开了门，一只硕大的老鼠从麻纸垛里窜出来，踩着老人的脚面跑掉了。老鼠能有多大分量呢？可老人被它踩疼了，踩得心里往外直冒血，他心疼所有没卖出去的麻纸，借着灯光一页一页翻检着，想把老鼠啃坏的麻纸挑拣出来。老人没卖掉的麻纸足足是一座小山，他一个人又怎么能够在昏黄的灯光下一页一页翻检得完呢？

　　麻纸在老人粗糙的指头捻弄下无声地翻动着，一刀麻纸是一百张，在小屋里有无数刀这样的麻纸整整齐齐地摞着，要知道，每一页经纬交错的麻纸都是从最初的破麻开始，经历了浸泡、沤染、蒸馏、碾浆、搅涵、抄纸等等十几道工序才最终成型。而每一道工序如果针对人的话，都是万劫不复的灭顶之灾，庆幸这些麻质纤维没有呻吟和眼泪，假使有，单单那被压榨出的眼泪，足可以流淌成另一条滹沱河。这种职业贯穿了老人的少年、青年和中年，还有一半的老年，他对踩蹚麻浆有了不一样的感悟，换句话说他在搅浆抄纸的时候会有一种莫名的快感。老人的指法灵动而稔熟，熟练到好像钢琴家在弹奏钢琴，那些有明显毛边的麻纸在他的翻动下唰唰地卷上去，卷走了许多个新鲜的岁月，老人又回到纸坊门庭若市的当初了，那时德和园的麻纸在晋北或者更远的内蒙、陕西都是响当当的名牌，任意一张麻纸都经得住反复揉搓上百次，而且极随意地忽略掉时间的腐蚀，据说可以千年不腐。毕竟现在不比从前，德和园的麻纸像一个被大人冷落的小孩儿，万般委屈地流连在那些本不该稚嫩的纸张上，在狭小的纸坊里形成令人窒息的气场。

纸坊总共就三间平房，没有铺瓦，橡檩都是极易虫蛀的白杨木。在纸坊正常运作的时候，除了儿子外，老人还雇了两个工人，一个提水蒸麻，一个碾麻搅涵，前一个四肢健全，头脑简单，每到月底就嚷嚷着涨工钱，后一个是个瘸子，瘸子没别的盼头，只希望纸坊能替他养老。工钱好涨，涨多涨少而已，养老谈何容易？但老人对这些事情都不发愁，只要麻纸有很好的销路，一切都不成问题。

现在，老人算是死心了。

孙子一点点大起来，大到能够脱离大人怀抱的时候，老人枯寂的眼神里透出一缕不易觉察的光芒，他主动与儿媳妇套近乎，目的是为了带带孙子。说来也怪，年幼的孙子在母亲怀里、在父亲怀里扭来扭去都不省心，偏偏见了爷爷，乖得像一只小猫。老人一手攥着孙子的小手，一手反剪背后，握着一根二尺长的烟袋，走走停停，停停走走，在院子里，在胡同口慢慢打发着日子。似乎从那时起，他的注意力稍稍从纸坊上面移开了，但每天起床的第一件事依然是清扫院子，依然只清扫一半院子，只是不经常打开东厢房进去整理那些麻纸器物了。

在儿子眼里，老人的变化是蛮巨大的，但在儿媳妇眼里，老人还是原来那个犟老头，不通人情，油盐不进。

二十年后或者三十年后，当老人早已安静地沉睡在幽暗的祖坟里，当年的孙子已经长大，他透过一页仅存的麻纸，再次回望那个驼背的胡须上粘连着清涕的执拗老头儿时，恍然看到一个孤傲的身影倒映在薄如蝉翼的麻纸上，无声无息。

透过那一页麻纸，年轻人还看到岁月从日升到日落的全过程，并知道当初仓颉在龟甲和兽骨上记录文字时是怎样一种无奈和彷徨的表情。以甲骨占卜吉凶，卜辞浪迹殷商两百七十余年，尔后这种雕刻文字的方式被另一些竹帛、金石等平面载体所取代,"以其所书于盂竹帛、镂于金石、琢于槃,传遗后世子孙者知之。"这是墨子思想流觞后世的文本参照,远古文明有赖于这些材料得以流传后世,而他的爷爷和他爷爷的祖先们,从被称作涵池的纸槽里抄捞出濡湿的麻纸,又从根本上颠覆了前人业已形成的所有文字记载的形式和方式,他们既是毁灭者,又是缔造者。他不知道一页纸的光阴究竟有多长,但他知道这一页纸背后记录了厚厚一沓断代文化的传统旧事,旧事里的主角不一定是人,不一定是事,但一定与这一页单薄泛黄的纸张有关,或者也是人,也是事,是一些关乎麻纸的人和事。

　　他记得爷爷不止一次给他讲述一些他闻所未闻的陈年往事,说村里造纸最兴盛时期,除了他家的德和园外,还有德升恒、德太元、德兴裕、德和成等纸坊,家家都有三个涵池、一口水井、一个碾坊,另外还有雇工七八个;纸坊里无一例外供有祖师爷蔡伦的牌位,两边的对联是"汉朝科甲第,清封玉亭侯"。每年秋季,纸坊要雇人下井去淘洗井底,临下井前要燃香焚纸供奉井神柳毅。但纸坊内地位最低的却是提水工,提水工吃的是力气饭,一手摇轱辘把,一手摆弄着井绳,以防水斗碰到井帮。一斗水提出井口,不能淋洒在地上,要依次泼向涵池的四个石帮,如果有一个石帮未泼到,就会被抄纸师傅训斥……

老人走后,东厢房拆了,片瓦不留,北屋也经过了翻修,由原来的土屋变成混凝土建筑,高大明净的玻璃窗取代了纤维明朗的麻纸,而街门口那盘石碾却依旧卧在那里,只是稍微挪了挪地方。当年的儿子,也一步步迈向老年,他经常蹲在原来的纸坊旧址上,吸一袋旱烟,眯缝着眼看天色,看流云,看房顶上持久不散的炊烟。

在他乡

远去的老调